THE OLD MAN
AND
THE SEA

ERNEST HEMINGWAY

CHARLES SCRIBNER'S SONS, NEW YORK
1952

노인과 바다

어니스트 헤밍웨이 지음 | 이수정 옮김

더스토리

| 차례 |

그는 멕시코만류*에 조각배를 띄우고 홀로 고기잡이를 하는 노인이었다. 노인은 지난 팔십사 일 동안 물고기를 한 마리도 잡지 못했다. 처음 사십 일 동안은 소년이 함께했다. 그러나 사십 일이 지나도록 물고기 한 마리 못 잡고 보니, 소년의 부모는 급기야 노인이 그 불운이 극에 달한 '살라오(Salao)'**가 된 게 분명하다고 아들에게 말했다. 소년은 부모가 시키는 대로 다른 배로 옮겨 탔고, 옮겨 탄 배는 그 첫 주에 어지간히 큰 물고기를 세 마리나 잡았다. 날마다 빈 배로 돌아오는 노인을 보

---

* 북아메리카 연안을 따라 북쪽으로 흐르는 세계 최대의 난류

** '불운하다'라는 의미의 스페인 속어. 중남미와 카리브해에서 주로 쓰임

는 게 안쓰러워, 소년은 늘 마중을 나가 낚싯줄 타래나 갈고리, 또 작살이며 돛대에 감긴 돛 따위를 옮기는 일을 도왔다. 노인의 돛은 밀가루 부대로 덕지덕지 덧댄 데다 둘둘 감긴 모양새가 영락없이 장구한 패배를 상징하는 깃발처럼 보였다.

노인은 마르고 여위었으며 목덜미에는 주름이 깊게 패어 있었다. 열대 바다에 반사된 햇빛을 받아온 탓에 얼굴에는 피부암일지 모를 갈색 반점이 피어 있었다. 반점은 양쪽 뺨 아래쪽까지 번져 있었고, 손에는 낚싯줄에 매달린 무거운 물고기와 씨름하느라 깊게 팬 흉터가 군데군데 나 있었다. 새로 난 흉터는 하나도 없었다. 물고기가 있을 리 없는 사막의 침식지 만큼 죄다 오래 묵은 것들이었다.

노인은 모든 게 늙고 오래됐지만, 바다색을 닮고 활기와 불굴의 의지가 서린 그 눈만큼은 예외였다.

"산티아고 할아버지."

조각배를 끌어다 놓은 해안가 기슭을 함께 오르며 소년이 말했다.

"다시 할아버지와 함께 고기를 잡으러 나갈 수 있어

요. 그간 돈을 좀 벌었거든요."

노인은 소년에게 고기 잡는 법을 가르쳐준 사람이었고, 소년은 노인을 무척이나 따랐다.

"아니다." 노인이 입을 열었다. "지금 네가 타고 있는 배는 운이 좋은 배란다. 그 배를 그대로 타거라."

"하지만 기억 안 나세요? 팔십칠 일 동안 한 마리도 못 잡으시다가 우리가 같이 나가고부터는 석 주 동안 매일같이 큰 놈을 잡았잖아요."

"기억하지." 노인이 말했다. "네가 날 믿지 못해 떠난 게 아니라는 걸 알아."

"아버지 때문에 옮긴 거예요. 저는 어리니까 아버지 말을 따라야죠."

"알아." 노인이 말했다. "응당 그래야지."

"아버지는 믿음이 별로 없어요."

"그렇구나." 노인이 대답했다. "우리에게는 믿음이 있지. 안 그러니?"

"그럼요." 소년이 말했다. "제가 '테라스'에서 맥주 한 잔 사드릴까요? 이 짐들은 나중에 가져가고요."

"안 될 게 뭐 있겠니." 노인이 말했다. "어부 사이에 말이다."

두 사람이 테라스에 자리 잡고 앉자 어부 여럿이 짐짓 노인을 조롱했지만 노인은 화내지 않았다. 좀 더 나이 지긋한 어부들은 노인을 보고 서글퍼하기도 했다. 하지만 그들도 그런 내색은 하지 않고, 해류나 낚싯줄을 드리워둔 곳의 깊이, 또 줄곧 좋은 날씨며 바다에서 본 이런저런 일을 점잖게 이야기했다. 수확이 좋은 어부들은 일찌감치 돌아와 청새치 배를 갈라서 널빤지 두 장에 꽉 차게 널어, 두 사람이 그 양 끝을 힘겹게 들고 어류 창고로 옮겼다. 거기서 아바나(Havana)*의 어시장으로 고기를 실어 갈 냉동 화물차를 기다렸다. 상어를 잡아온 어부들은 해안가 맞은편에 있는 상어 처리 공장으로 상어를 운반해갔다. 그곳에서 상어는 도르래에 끌려 올라가 간이 제거되고, 지느러미가 잘리고, 껍질이 벗겨지고, 살이 조각나 소금에 절여졌다.

바람이 동쪽에서 불어올라치면 상어 처리 공장에서 나는 냄새가 항구 건너까지 실려왔다. 오늘은 바람이

* 쿠바의 수도

북쪽으로 불다 잦아들면서 그 냄새도 희미한 여운으로만 느껴져 테라스는 기분 좋게 화창했다.

"산티아고 할아버지." 소년이 노인을 불렀다.

"말하렴." 노인이 대꾸했다. 노인은 손에 맥주잔을 들고 지난 세월을 더듬고 있었다.

"제가 나가서 내일 쓰실 정어리를 좀 가져다드릴까요?"

"아니다. 가서 야구나 하려무나. 난 아직 노를 저을 수 있고, 로헬리오가 그물을 던져줄게다."

"그래도 가져다드리고 싶어요. 함께 고기 잡으러 못 간다면 뭐라도 도와드리고 싶어요."

"이리 맥주를 사주었잖니." 노인이 말했다. "너도 어른이 다 됐구나."

"처음 배에 태워주셨을 때 제가 몇 살이었죠?"

"다섯 살이었지. 하마터면 네가 죽을 뻔했잖니. 그때 잡아 올린 물고기가 어찌나 기운이 팔팔하던지 배를 부숴놓을 기세였지. 기억나니?"

"물고기가 꼬리를 찰싹거리면서 온 데 부딪히는 바람에 가로장이 부서지던 것 하며, 할아버지가 고기에 대고 몽둥이질을 하던 소리가 기억나요. 할아버지가 저를 젖은 낚싯줄 타래가 있는 뱃머리 쪽으로 밀치던 것도요. 배가 통째로 떨리던 느낌도, 할아버지가 나무를 내려찍듯 물고기를 몽둥이로 두들기던 소리도, 제 몸에 들큼한 피 냄새가 퍼지던 것도 기억나요."

"정말로 기억하니, 아니면 내가 너한테 들려준 이야기니?"

"할아버지와 처음으로 같이 바다에 나갔을 때부터 전 모두 기억하는걸요."

노인이 햇볕에 그을린, 당당하고 자애로운 눈으로 소년을 바라보았다.

"네가 내 아들이라면 데리고 나가 모험을 해보겠다만 너는 엄연히 아버지, 어머니가 있고, 또 지금 운이 좋은 배를 타고 있잖니."

"정어리를 구해올까요? 미끼로 쓸 고기도 네 마리쯤 구할 곳을 알아요."

"오늘 쓰고 남은 미끼가 있다. 소금에 절여 상자에 넣어두었어."

"제가 싱싱한 놈으로 네 마리 가져다드릴게요."

"한 마리면 돼." 노인이 말했다.

노인에게서는 희망과 자신감이 결코 가시는 법이 없었다. 오히려 때마침 불어오는 미풍을 타고 그 기운은 새삼 선연해지고 있었다.

"두 마리요." 소년이 말했다.

"그래, 두 마리로 하지." 노인이 수긍했다. "설마 몰래 가져온 건 아니겠지?"

"그럴 수도 있었죠." 소년이 슬쩍 말했다. "하지만 이번에는 샀어요."

"고맙구나." 노인이 말했다.

노인은 아주 단순해서, 자신이 언제 겸손을 익혔는지 궁금하지는 않았다.

그래도 자신이 겸손을 익히긴 했고, 더불어 그게 남부끄럽다거나 진정한 자부심을 해치는 일이 아니란 것도 알았다.

"이 정도 조류면 내일은 날씨가 좋겠어." 노인이 그렇게 말했다.

"어디로 가실 거예요?" 소년이 물었다.

"좀 멀리 나갔다 바람의 방향이 바뀌면 돌아와야지

싶다. 동트기 전에 나갈 작정이란다."

"제가 주인아저씨더러 멀리 나가자고 해볼게요." 소년이 말했다. "할아버지가 정말로 큰 놈을 잡으면 우리가 도울 수 있게요."

"그 사람은 너무 멀리는 나가고 싶어 하지 않을 게다."

"맞아요." 소년이 말했다. "하지만 주인아저씨가 못 보는 걸 저는 보니까, 새가 움직이는 모양 같은 걸 핑계로 만새기를 쫓아가 보자고 할 수 있어요."

"그 양반 눈이 그리 나쁘다니?"

"장님이나 매한가지예요."

"그거참, 이상한 일이구나." 노인이 말했다. "그이는 거북잡이를 한 적이 없는데……. 거북잡이를 하면 눈이 심하게 상하거든."

"할아버지는 모스키티아 해안*에서 몇 년씩 거북잡이를 했는데도 눈이 좋잖아요."

"나야 별난 노인네라 그렇지."

"그래도 아직 진짜 큰 물고기를 상대할 힘이 있잖

---

* 중앙아메리카 온두라스 북동부 파투카강에서부터 니카라과 동부 블루필드에 이르는 해안

아요?"

"그럴 게다. 게다가 이런저런 요령도 알고 있고……."

"이제 짐을 집으로 가져가요." 소년이 말했다. "그래야 제가 투망을 가지고 정어리를 잡으러 가죠."

두 사람은 배에서 이런저런 어구들을 집어 들었다. 노인이 어깨에 돛대를 메고, 소년은 갈색 낚싯줄 타래를 탄탄하게 감아 넣은 나무 상자와 갈고리, 작살 자루를 날랐다. 미끼 상자는 뱃전으로 끌어 올린 큰 고기를 제압할 때 쓸 몽둥이와 같이 뱃고물 아래 넣어두었다. 노인에게서 뭘 훔쳐갈 이가 있을 리는 만무했지만, 돛과 굵은 낚싯줄은 집으로 가져가는 편이 나을 성싶었다. 밤이슬을 맞혀 좋을 일도 없고, 마을 사람들이 훔쳐가지 않는다손 쳐도 갈고리며 작살을 배에 두는 건 괜한 유혹의 빌미나 남기지 싶었다.

함께 길을 걸어 올라가 노인의 오두막에 닿자 두 사람은 열린 문으로 들어갔다. 노인이 돛이 감긴 돛대를 벽에 기대 세우자 소년이 그 옆으로 상자며 다른 어구들을 놓았다. 돛대가 노인의 오두막 방 하나 길이만 했다. '구아노'라는 대왕 야자의 질긴 잎사귀로 지은 노인의 오두막 안에는 침대와 탁자, 의자가 한 개씩 있었고, 흙바닥에는 숯으로 음식을 해 먹을 수 있는 공간이 있었다. 억센 구아노 잎을 펴 겹겹이 붙여 만든 갈색 벽에는 '예수 성심'과 '자선의 성모님(Our Lady of Charity)'* 채색화가 걸려 있었다. 모두 아내의 유품이었다. 예전에는 그 벽에 색을 덧입힌 아내의 사진을 걸어두었는데 보면 몹시도 외로워져 노인은 사진을 내려 방구석 선반 위 깨끗한 셔츠 아래에 두었다.

"뭐 좀 잡수실 게 있나요?" 소년이 물었다.

"생선하고 노란 쌀밥이 한 냄비 있는데, 너도 좀 먹으련?"

"아뇨, 저는 집에 가서 먹을게요. 불을 좀 피워드릴까요?"

"아니, 내가 나중에 피우마. 그냥 식은 걸 먹어도 되고."

"제가 투망을 가져가도 될까요?"

"물론이지."

그곳에 투망은 있지도 않았고, 소년은 노인과 함께 투

* 쿠바의 수호성인. 쿠바에서는 The Virgin of Cobre라 부른다.

망을 팔아넘긴 때를 기억하고 있었다. 그런데도 두 사람은 이 꾸며낸 이야기를 매일 주고받았다. 노란 쌀밥 한 냄비와 생선도 없었고 소년은 그 또한 알고 있었다.

"85는 행운의 숫자야." 노인이 입을 열어 말했다. "내가 오백 킬로그램은 거뜬히 넘을 놈을 잡아온다면 어떨 것 같니?"

"전 이제 투망을 가져다 정어리를 잡으러 가볼게요. 할아버지는 문 앞에 앉아 햇볕이라도 쬐고 계시겠어요?"

"그래. 어제 신문이 있으니 야구 기사나 읽어야겠다."

'어제 신문'도 꾸며낸 이야기인지 어떤지 소년이 아리송해하는데 노인이 침대 밑에서 신문을 꺼냈다.

"보데가(Bodega)*에서 페리코가 주더구나." 노인이 말했다.

"정어리를 잡으면 돌아올게요. 할아버지 몫하고 같이 얼음 통에 보관했다가 아침에 나누면 돼요. 제가 돌아오면 야구 이야기를 해주세요."

"양키스는 지는 법이 없어."

---

* 식료품점 혹은 주점을 뜻하는 스페인어

"하지만 클리블랜드 인디언스도 만만치 않던데요."

"애야, 양키스를 믿어라. 위대한 디마지오(Dimagio)* 가 있잖니."

"저는 디트로이트 타이거스도, 클리블랜드 인디언스도 신경 쓰여요."

"이런, 정신 차려라. 그러다 신시내티 레즈나 시카고 화이트 삭스마저 겁내겠구나."

"기사를 꼼꼼히 읽어보시고 제가 돌아오면 들려주세요."

"우리가 끝자리 85인 복권을 한 장 사둬야 할까? 내일이 팔십오 일째잖니."

"그래도 좋고요." 소년이 말했다. "그런데 할아버지가 그 대단한 기록을 세우신 87은 어쩌고요?"

"그런 일이 두 번 일어날 리 없지. 85가 든 복권을 찾을 수 있겠니?"

"하나 주문하면 돼요."

"한 장만 사. 2달러 50센트일 게다. 돈은 누구한테 좀

---

* 1936년부터 1951년까지 뉴욕 양키스에서 활약한 프로야구 선수

빌릴 수 있니?"

"문제없어요. 2달러 50센트 정도는 언제라도 빌릴 수 있어요."

"나도 빌릴 수는 있단다. 하지만 빌리지 않으려 애쓰지. 처음에는 빌리지만 나중에는 구걸하기에 십상이거든."

"따뜻하게 하고 계셔야 해요, 할아버지." 소년이 말했다. "지금이 9월이란 걸 잊지 마세요."

"큰 고기가 내려오는 달이로구나." 노인이 말했다. "5월에는 아무나 어부가 될 수 있지."

"저는 이제 정어리를 잡으러 갈게요." 소년이 말했다.

소년이 돌아왔을 때, 노인은 의자에 앉은 채 잠들어 있었고 해는 떨어져 있었다. 소년은 침대에서 낡은 군용 담요를 가져다 의자 등받이로 해서 노인의 어깨를 덮어주었다. 매우 늙었지만 여전히 강인해 보이는 묘한 어깨였다. 목도 여전히 힘 있어 보였으며 잠들어 있는 노인의 머리가 앞으로 꺾일 때는 그 목에 주름도 거의 드러나지 않았다. 돛과 매한가지로 노인의 셔츠는 여러 번 덧대었고 그 기운 천 조각이 햇볕에 바래 얼룩덜룩

했다. 하지만 목 위로는 확연히 늙어, 눈을 감고 있는 얼굴에 생기란 없었다. 무릎 위에는 신문이 펼쳐져 있었는데, 노인의 팔이 누르고 있어 저녁 산들바람에도 날아가지 않고 있었다. 노인은 맨발이었다.

그 모습 그대로 두고 소년이 오두막을 다시 나갔다 돌아와서 보니 노인은 그때까지도 잠들어 있었다.

"할아버지, 일어나세요." 소년이 노인의 한쪽 무릎에 손을 얹었다.

노인이 눈을 뜨고는 어디 멀리 다녀오기라도 한 듯 잠시 가만있더니 곧 미소를 지었다.

"뭘 가져온 게냐?"

"저녁이에요." 소년이 말했다. "이제 저녁을 드셔야죠."

"별로 시장하지 않구나."

"어서 잡수세요. 안 드시면 물고기를 잡지 못하세요."

"잡은 적도 있어."

노인이 일어나 신문을 집어 접으면서 말했다. 그러고 나서 이제, 노인은 담요를 개기 시작했다.

"담요는 그대로 두르고 계세요." 소년이 말했다. "제가 살아 있는 한, 할아버지는 빈속에 고기 잡으러 못 나가세요."

"그럼, 부디 넌 오래 살고 몸조심하려무나." 노인이 말했다. "그래, 뭘 먹을 참이냐?"

"검은콩하고 쌀밥, 바나나 튀김, 스튜 조금요."

소년은 테라스에서 쓰는 이단 철제 찬합에 음식을 담아왔다. 호주머니 안에는 종이 냅킨으로 감싼 나이프와 포크, 숟가락이 두 벌이 들어 있었다.

"이건 누가 준 거니?"

"거기 주인이신 마틴 아저씨요."

"고맙다는 인사를 해야겠구나."

"제가 벌써 했어요." 소년이 말했다. "할아버지가 따로 인사를 챙길 필요는 없어요."

"큰 고기를 잡으면 뱃살을 줘야겠다." 노인이 말했다. "이번 말고도, 그이가 전에도 이런 적이 있었지?"

"그럴 거예요."

"그러면 뱃살 정도로는 안 되겠구나. 우리한테 여간 마음 써주는 게 아니잖니."

"맥주도 두 병 보내주셨죠."

"난 캔에 든 맥주가 제일 좋더구나."

"알아요. 그런데 이건 아투에이(Hatuey)* 병맥주예요. 병은 제가 돌려드리면 돼요."

"고맙구나, 얘야." 노인이 말했다. "이제 먹으면 되는 게냐?"

"아까부터 잡수시라고 말씀드렸잖아요." 소년이 다정하게 말했다. "할아버지가 준비되실 때까지 뚜껑을 열고 싶지 않았어요."

"이제 준비됐다." 노인이 말했다. "손 씻을 시간이 필요했을 뿐이야."

어디서 손을 씻으셨는데요? 소년이 속으로 물었다. 마을 상수도는 두 길을 내려가야 있었다. 할아버지께 물을 갖다 드려야겠어. 비누와 부드러운 수건도 필요해. 왜 이리도 생각이 모자랐을까? 겨울에 입으실 셔츠랑 외투, 그리고 신발하고 담요도 한 장 더 갖다 드려야겠어.

"스튜가 정말 맛있구나." 노인이 말했다.

"야구 이야기 좀 해주세요." 소년이 청했다.

"아메리칸리그에서는 내가 말한 대로 역시 양키스

---

* 스페인 저항운동에 앞장선 국민 영웅. 여기서는 쿠바의 맥주 상호

팀이 최고였어."

노인이 사뭇 즐거운 듯 말했다.

"양키스는 오늘 졌는데요." 소년이 말했다.

"무슨 상관이라니? 위대한 디마지오가 제 실력을 회복했는데."

"그 팀엔 다른 선수들도 많지 않나요?"

"그거야 그렇지. 하지만 디마지오는 달라. 다른 리그에서 브루클린과 필라델피아 중에서 고르라 하면 난 브루클린을 택하겠어. 물론, 딕 시슬러(Dick Sisler)* 와 그 오래된 구장**에서 보여 준 대단한 타구는 잊을 수 없지."

"두 번은 없을 일이었죠. 그렇게 멀리 공을 멀리 치는 건 생전 처음 봤어요."

"그 사람이 테라스에 들르던 걸 기억하니? 고기잡이에 데려가고 싶었는데 머뭇거리다 말도 못 붙였지. 너

---

* 1948년부터 1951년까지 필라델피아 필리스에서 활동했던 전설적인 선수

** 1950년 시즌 마지막 날 딕 시슬러가 홈런을 쳐 브루클린 다저스를 4:1로 이긴 에베츠 구장을 말함

더러 말 좀 건네보라고 했더니 너도 미적거렸잖아."

"그랬죠. 정말 큰 실수였어요. 그분이 우리하고 같이 가줬을지도 모르는데요. 그랬다면 할아버지도 저도 평생 간직했을 테죠."

"난 위대한 디마지오를 고기잡이에 데려가고 싶구나." 노인이 말했다. "듣자 하니 그 사람 아버지가 어부였다지. 우리만큼 가난했을 테니 우리 마음을 알아줄지도 몰라."

"시슬러 선수의 아버지는 가난했던 적이 없어요. 그 사람, 그러니까 그 아버지는 저만 할 때 벌써 메이저리그에서 뛰었잖아요."

"나는 너만 했을 때 아프리카행 범선의 거대한 가로돛 앞에 서 있었지. 저녁이면 해변에서 어슬렁거리는 사자를 보곤 했단다."

"알아요. 저한테 말씀해주셨어요."

"아프리카 이야기를 할까, 야구 얘기를 할까?"

"야구가 좋겠어요." 소년이 말했다. "위대한 존 호타 맥그로(John J. McGraw)* 이야기를 들려주세요."

소년은 제이(J)를 '호타'라고 발음했다.

"그 사람도 예전에 테라스에 가끔 들르곤 했어. 그런데 술이 들어가면 난폭해지고 입이 거칠어지는 게 아주 힘든 사람이었지. 그이는 야구만큼이나 경마에도 열을 올렸더랬어. 말 이름을 써넣은 종이를 늘 호주머니에 지니고 다니면서 전화로 누군가와 이야기할 때면 말 이름을 자주 입에 올리더구나."

"훌륭한 감독이었죠." 소년이 말했다. "우리 아버지는 그 사람을 단연 최고의 감독으로 생각하세요."

"여기 제일 많이 온 사람이라 그럴 게다." 노인이 말했다. "만일 듀로셔(Durocher)**가 해마다 여기를 다녀갔다면 네 아버지는 그 사람을 제일 훌륭하다 하겠지."

"그럼, 최고의 감독은 누군가요? 루케(Luque)***일까요, 아니면 마이크 곤살레스(Mike Gonzalez)****일까요?"

---

* 1900년대 초부터 1932년까지 뉴욕 자이언츠에서 활약한 선수 겸 감독

** 1954년 샌프란시스코 자이언츠를 메이저리그 월드 시리즈 챔피언 팀으로 이끈 명감독. 1940년대 그가 속했던 다저스가 쿠바 아바나에서 봄 전지훈련을 몇 차례 가짐

*** 쿠바 아바나 태생으로 1935년까지 보스턴, 뉴욕 자이언츠 등에서 활약한 매니저

**** 쿠바 태생으로 1938년과 1940년 세인트루이스 카디널스의 매니저

"내 보기에는 막상막하야."

"최고의 어부는 할아버지시고요."

"그렇지 않아. 난 나보다 뛰어난 어부를 많이 알고 있어."

"퀘 바(Que Va)."* 소년이 말했다. "고기 잘 잡는 어부도 많고, 실력이 월등한 어부들도 있긴 있어요. 그래도 할아버지는 독보적이에요."

"고맙다. 네 말을 들으니 기분 좋구나. 너무 큰 고기가 걸려서 그 생각이 틀렸다고 입증될 일이 없길 바란다."

"말씀하신 대로 아직 할아버지 힘이 세다면 그런 물고기는 없겠죠."

"생각만큼 내가 기력이 좋지 않을 수도 있어." 노인이 말했다. "그래도 난 요령을 좀 알고 투지는 있지."

"이제 주무셔야죠. 내일 아침에 기운 내시려면요. 저는 그릇을 테라스에 다시 갖다줄게요."

"그럼, 잘 자라. 아침에 널 깨우러 가마."

"할아버지는 제 자명종이에요." 소년이 말했다.

---

* 스페인어로 '천만에요'라는 강한 부정

"내겐 나이가 자명종이지." 노인이 말했다. "늙으면 왜 이리 일찍 깨는 건지 모르겠구나. 더 긴 하루를 보내라는 뜻일까?"

"전 잘 모르겠네요." 소년이 말했다. "저 같은 남자아이들이 아침 늦도록, 곤하게 잔다는 건 알아요."

"나도 그랬던 게 기억나." 노인이 말했다. "늦지 않게 깨워주마."

"주인아저씨가 깨우는 건 싫어요. 제가 그분만 못 해 보이잖아요."

"알았다."

"할아버지, 그럼 안녕히 주무세요."

소년이 밖으로 나갔다. 두 사람은 좀 전에 식탁에 불도 안 켜고 식사를 했고, 그 어둠 속에서 노인은 바지를 벗고 잠자리에 들었다. 노인은 바지 속에 신문지를 끼워 넣고 말아서 베개를 만들었다. 그리고는 담요를 몸에 둘둘 감고, 침대 스프링 위에 덮은 또 다른 헌 신문지 위에서 잠을 청했다.

곧바로 잠이 든 노인은 어린 시절 갔던 아프리카 꿈을 꾸었다. 하염없이 길게 이어진 금빛 해변, 눈이 부시게 새하얀 해변, 그리고 높이 솟은 곶과 우람한 갈색 산들이 보였다. 요즘 들어 노인은 매일 밤, 그 해안가에 사는 꿈을 꾸었다. 꿈속에서 파도가 포효하는 소리를 듣고, 그 파도를 헤치며 노 저어오는 원주민의 배를 보았다. 잠을 자면서도 배 갑판에서 타르며 뱃밥 냄새를 맡고, 아침에는 뭍바람에 실려오는 아프리카 냄새를 맡았다.

평소에는 뭍바람 내음이 날 때쯤이면 잠에서 깨어나 옷을 챙겨 입고 소년을 깨우러 갔다. 그런데 오늘 밤에는 좀 이르다 싶게 뭍바람 냄새가 풍겨왔다. 노인은 꿈속에서도 이르다는 걸 알아채고 내처 꿈을 꾸었다. 꿈속에서 하얀 섬 봉우리들이 바다 위로 솟아오른 정경이 들어오더니, 카나리아 군도에 흩어진 이런저런 항구와 정박지도 나타났다.

노인은 이제 폭풍우나 여자들 꿈은 꾸지 않았다. 심각한 사건이나 큰 물고기, 주먹질, 힘겨루기 같은 것도 꿈에 나오지 않았다. 죽은 아내 꿈도 꾸지 않았다. 이제 노인은 어떤 정경이며 해변을 거니는 사자들 꿈만 꾸었다. 사자들은 황혼 녘이면 새끼 고양이처럼 뛰놀았고 노인은 소년을 사랑하듯 사자들을 사랑했다. 하지만 소년을 꿈에서 본 적은 없었다. 퍼뜩 잠에서 깬 노인은 열린 문틈으로 달을 한 번 쳐다보고 둘둘 말린 바지를 펴 입었다. 오두막 밖으로 나가 소변을 본 뒤 소년을 깨우러 길을 따라 올라갔다. 새벽 한기에 몸이 덜덜 떨렸다. 노인은 떨다 보면 그 기운에 몸이 따뜻해질 테고, 또 이제 곧 노를 저으러 갈 수 있다고 생각했다.

소년이 사는 집은 잠겨 있지 않아 노인은 문을 열고 맨발로 조용히 집 안으로 들어갔다. 첫 번째 방 간이침대에서 자고 있는 소년의 모습이 스러져가는 달빛 속에서 또렷이 보였다. 그 한쪽 발을 가만히 잡고 있다 보니 소년이 눈을 뜨고 고개를 돌려 노인을 바라보았다. 노인이 고개를 끄덕이자 소년은 침대 가의 의자에서 바지를 집어 침대에 앉아 입었다.

노인이 문밖으로 나오고 소년도 따라 나왔다. 소년이 아직 졸린 듯 보이자 노인이 소년의 어깨에 팔을 두르며 말했다.

“미안하구나.”

“퀘 바.” 소년이 말했다. “사내라면 응당 해야 할 일이죠."

두 사람은 노인의 오두막을 향해 길을 내려갔다. 도중에 보니, 맨발의 사내들이 저마다 배의 돛대를 메고 어둠 속을 걸어가고 있었다. 오두막에 당도하자 소년이 바구니에 든 낚싯줄 타래와 작살, 갈고리를 들고, 노인은 돛이 감겨 있는 돛대를 어깨에 멨다.

"커피 드시겠어요?" 소년이 물었다.

"이 어구들을 배에 가져다 놓고 나서 마시자꾸나."

두 사람은 어부들을 상대로 아침 일찍 문을 여는 식당에서 연유 통에 부어놓은 커피를 마셨다.

"할아버지는 간밤에 잘 주무셨어요?" 소년이 물었다. 아직 졸음을 쫓기는 힘들었지만 그래도 조금씩 정신이 들고 있었다.

"아주 잘 잤단다, 마놀린." 노인이 대답했다. "오늘은 어째 자신감이 솟는구나."

"저도요." 소년이 이어 말했다. "이제 할아버지 정어리와 제 것도 가져와야겠어요. 할아버지 드릴 새 미끼 고기도요. 주인아저씨는 어구를 손수 날라요. 절대 다른 사람이 옮기게 하지 않아요."

"우리는 다르지." 노인이 말했다. "난 네가 다섯 살 때부터 어구를 나르게 했잖니."

"알고 있어요." 소년이 말했다. "얼른 돌아올게요. 커피 한 잔 더 드세요. 이 가게에 미리 값을 치러둔 게 있어요."

소년은 맨발로 산호 자갈을 밟고 걸어가 미끼 고기를 쟁여둔 얼음 창고로 갔다.

노인은 천천히 커피를 마셨다. 하루 동안 입에 댈 유일한 음식일 테니 마셔둬야 한다는 생각에서였다. 먹는 게 지겨워진 지 이미 오래라 노인은 점심을 싸가는 일이 없었다. 조각배 뱃머리에 둔 물 한 병이 그날 필요한 전부였다.

소년이 정어리와 신문지에 싼 미끼 고기 두 마리를 들고 돌아왔다. 두 사람은 발아래로 자갈 섞인 모래의 감촉을 느끼며 길을 내려갔다. 조각배가 대어진 곳에 이르자 두 사람은 배를 들어 올려 바닷물 속으로 밀어 넣었다.

"행운을 빌어요, 할아버지."

"너도 행운을 빈다." 노인이 말했다.

노인은 노를 잡아맨 밧줄을 노걸이 못에 동여맸다. 그러고는 노를 미는 힘에 거슬러 앞으로 몸을 기울이며 어둠 속에서 항구 밖으로 배를 저어가기 시작했다. 다른 해안에서 온 또 다른 배도 여럿, 바다를 향해 나아가고 있었다. 달이 언덕 아래로 넘어간 뒤라 배는 보이지 않았지만 노를 물에 담그는 소리, 물을 밀치는 소리가 들려왔다.

이따금 사람 말소리가 들리긴 했다. 그러나 대부분 노 젓는 소리뿐, 배마다 조용했다. 항구 어귀를 벗어나자 배들은 사방으로 흩어져 고기를 찾아 나름의 희망을 품은 곳으로 향했다. 노인은 멀리까지 나가볼 작정이었기에 뭍 냄새를 뒤로하고 싱그러운 새벽 내음 가득한 대양으로 노를 저어갔다. 어부들이 '큰 우물'이라 부르는 해역에 이르자 모자반*이 특유의 빛을 발하는 게 보였다. 그곳은 해류가 해저변의 가파른 경사면에*부딪히며 일으키는 소용돌이 때문에 수심이 갑자기 칠백 패덤(Fathom)**으로 깊어지면서 온갖 종류의 물고기가 떼로

---

* 멕시코만에 주로 서식하는 갈조류

** 수심 측정 단위로 1패덤은 약 1.83미터, 700패덤은 약 1,300미터

몰리는 지역이었다. 대개는 새우와 미끼 고기가 바글거렸고 아주 깊은 구멍에는 오징어 떼도 몰려들었는데, 밤이 되면 모두 해수면 가까이 올라왔다가 근처를 배회하던 물고기들의 먹이가 되곤 했다.

어둠 속에서 노인은 아침이 오는 걸 느낄 수 있었다. 노를 젓고 있자니 날치가 물을 차고 오르며 바르르 떠는 소리, 또 그 빳빳한 날개가 쉭쉭 어둠을 가르는 소리가 들려왔다. 노인은 이 바다에서 으뜸가는 벗이라 여길 정도로 날치에게 큰 호감을 느끼고 있었다. 새는 안쓰러운 축이었다. 먹이를 찾아 그리 날아다니는데도 늘 헛수고만 하는 어두운 빛의 작고 가냘픈 제비갈매기는 특히나 더 가여웠다. 도둑갈매기나 덩치 크고 힘센 종은 차치하고라도 어쩌면 저 새들의 삶이 우리 인간보다 더 고된지도 몰라. 노인은 생각했다. 바다가 성나서 거친 파도가 삼켜버리면 어쩌려고 새는 이다지도 연약하고도 가냘프게 만들어졌을까? 바다는 인심 좋고 대단히 아름답지. 하지만 그러다가도 한순간에 또 모질어지기 일쑤니, 가냘프게 구슬픈 소리를 내며 하늘을 날다 물속에 고개를 박고 사냥을 해야 하는 저 새들은 이런 바다에서 살긴 너무 약한 존재로 만들어졌어.

노인은 늘, 바다를 '라 마르(La mar)'로 생각했다. 사람들이 스페인어로 바다를 좋게 표현할 때 쓰는 말이었다. 바다를 아끼는 사람들도 가끔은 바다를 폄하할 때가 있지만, 그럴 때조차 여기 사람들은 바다를 여자*로 지칭했다. 젊은 어부들 가운데 낚싯줄에 찌 대신 부표를 달아 쓰고, 상어 간으로 큰돈을 벌어 모터보트를 사들인 이들은 바다를 '엘 마르(el mar)'라고, 남성형으로 불렀다. 이들은 바다를 경쟁 상대나 노동판, 심지어는 적으로까지 표현했다. 그러나 노인에게 바다는 늘 여자였고, 큰 호의를 베풀다가도 대번에 거두어가는 존재였다. 노인은 혹여 바다가 거칠어지거나 못되게 굴어도 바다로서도 어쩔 수 없으려니 여겼다. 여자들이 달에 많은 영향을 받듯, 바다도 달의 기운을 받아서 그러려니 했다.

노인은 쉬지 않고 노를 저어갔다. 나름의 속도를 잘 유지한 데다 이따금 조류가 소용돌이치는 곳 말고는 수

---

* 스페인어에서는 모든 명사에 성별을 부여한다.

면이 잔잔했기 때문에 힘이 들지는 않았다. 노 젓는 수고의 삼분의 일은 조류에 맡기고 있었는데, 날이 밝아오면서 노인은 그 무렵에 기대했던 거리보다 배가 한참 더 멀리 나와 있다는 걸 알았다.

일주일이나 이 '큰 우물'에 공들였지만 헛수고였어. 노인은 생각했다. 오늘은 가다랑어와 날개다랑어 떼가 몰리는 곳까지 나가봐야겠군. 큰 놈이 하나 붙어 있을지 모르는 일이야.

노인은 날이 채 밝기 전에 미끼를 드리우고 배를 조류에 내맡긴 채 흘러가고 있던 참이었다. 첫 미끼는 사십 패덤* 아래로 내렸다. 두 번째 것은 칠십오 패덤, 세 번째와 네 번째 미끼는 각각, 저 푸른 바닷속 백 패덤, 백이십오 패덤 아래로 내렸다. 미끼마다 고기 대가리를 밑으로 하고 몸통을 낚싯바늘 기둥에 꿰어 꽉 묶은 뒤 낚싯바늘의 튀어나온 곳이며 구부러진 곳, 끝부분을 온통 싱싱한 정어리로 감쌌다. 두 눈이 꿰뚫린 정어리들은 쇠막대기에 걸린 반원의 화환 같았다. 그 정도면 낚

* 약70미터

싯바늘 어디에도, 큰 고기가 달콤한 냄새와 좋은 맛을 느끼지 못할 부분이 없었다.

소년이 준 싱싱하고 조그마한 다랑어, 그러니까 날개 다랑어 두 마리는 깊이 드리운 낚싯줄 두 개에 추처럼 매달았고, 다른 낚싯줄에는 전에 썼던 푸른색 큰 전갱이와 갈전갱이를 매달아놓았다. 여전히 상태가 양호한 데다 싱싱한 정어리도 딸려 있으니 향과 구미가 더해졌다. 큼지막한 연필 둘레 정도 굵기의 낚싯줄에는 나무에서 갓 자른 녹색 가지로 막대를 달아매 뭐든 미끼를 당기거나 건드리면 막대가 물에 잠기게 해두었다. 그리고 낚싯줄마다 칠십 미터짜리 타래가 둘씩이었고, 또 여분의 줄을 잡아맬 수도 있어 물고기가 물기만 하면 오백 미터도 넘게 끌고 갈 수 있었다.

이제 노인은 뱃전 너머로 막대 세 개가 물에 잠기는지 지켜보며 낚싯줄이 적당한 수심에서 위아래로 곧게 움직이도록 가만히 노를 저었다. 제법 날이 밝아져 금방이라도 해가 떠오를 것만 같았다.

이윽고 해가 바다 위로 옅게 떠오르자 다른 배들이 시야에 들어왔다. 수면에 바짝 붙은 채로 배들은 해안쪽을 향해 조류를 가로지르며 흩어져 있었다. 해가 더 밝아 오면서 찬란한 햇빛이 물 위에 퍼졌다. 그러다 해가 완전히 떠올라 편평한 바다에 부딪혀 반사된 햇빛이 따갑게 눈을 찌르자 노인은 해를 보지 않고 노를 저었다. 노인은 물속을 내려다보며 어두운 바닷속으로 곧게 드리운 낚싯줄을 살폈다. 노인은 그 누구보다 낚싯줄을 똑바로 드리웠는데 그래야 어두운 바닷속에서 조류 층층이, 바로 그 지점을 지나는 물고기에 정확하게 미끼를 내리고 기다릴 수 있기 때문이었다. 다른 어부들은 조류가 흐르는 대로 낚싯줄을 내버려두기에 낚싯줄이 밀려간 거리를 백 패덤 정도로 짐작했으나 사실은 육십 패덤인 때가 왕왕 있었다.

하지만 나는 낚싯줄을 정확하게 내린다 이 말씀이야. 노인은 생각했다. 더 이상 운이 따라주지 않아서 이 모양이지. 하지만 누가 알아? 어쩌면 오늘일지 몰라. 하루하루가 새로운 법 아닌가. 운이 따라준다면 나쁠 것 없지. 하지만 나는 정확하려고 더 애쓰겠어. 그래야 운이 찾아왔을 때 맞을 준비가 돼 있지 않겠나.

이제는 해가 떠오른 지 두 시간쯤 지나 동쪽을 쳐다

보아도 그리 눈이 부시지는 않았다. 배는 세 척밖에 보이지 않았는데 그마저 멀리 해안가 근처에서 수면에 얕게 떠 있었다.

평생 저 이른 아침 햇살 때문에 눈을 상했어. 노인은 생각했다. 그래도 내 눈은 아직 멀쩡해. 저녁 해를 똑바로 쳐다봐도 시야가 검어지는 일이 없을 정도지. 저녁 햇살도 그 여파가 못지않은데 말이야. 하지만 아침 해는 눈이 아플 정도군.

바로 그때, 앞쪽에서 검고 긴 날개를 펴고 하늘을 맴도는 군함새 한 마리가 보였다. 새는 날개를 젖히고 비스듬히 급강하하더니 다시 공중으로 올라 선회했다.

"저 녀석이 무언가를 봤군." 노인이 큰 소리로 말했다. "그냥 둘러보고 있는 게 아니야."

노인은 새가 빙빙 돌고 있는 쪽으로 천천히, 침착하게 노를 저었다. 서두르지 않으면서 낚싯줄이 위아래로 곧추 드리워 있게 조심했다. 새를 이용하지 않고 고기를 잡을 때보다 빠른 속도긴 했지만 여전히 정확하게 고기를 잡으려면 해류를 조금 밀며 나가야 했다.

새는 더 높이 올라가더니, 다시 그 자리에서 맴돌았

다. 날개는 미동도 하지 않고 있었다. 그러다 새가 급강하했는데 순간, 노인의 눈에 날치가 튀어 올라 수면 위를 필사적으로 헤엄치는 모습이 보였다.

"만새기다!." 노인이 큰 소리로 말했다. "큰 만새기야."

노인은 노를 걸어두고 고물 밑에서 작은 낚싯줄을 꺼냈다. 철사로 된 목줄과 중간 크기의 바늘이 달린 낚싯줄에 정어리 한 마리를 미끼로 달았다. 노인은 낚싯줄을 뱃전 너머로 던지고 고물 쪽 둥근 나사못에 단단히 잡아맸다. 그러고는 또 다른 낚싯줄에 미끼를 달아 둘둘 말린 줄 그대로 뱃머리 쪽 그늘에 두었다. 노인은 다시 노를 저으며 날개 긴 검은 새가 먹이를 쫓아 물 위를 낮게 나르는 모습을 지켜보았다.

노인이 보고 있자니, 날개를 비스듬히 기울여 다시 수면으로 내려오던 새는 날치를 쫓으며 요란하게 날개를 퍼덕여댔지만 결실을 보지 못했다. 큰 만새기가 달아나는 날치 떼를 쫓아 올라오면서 수면이 살짝 부풀어 오르는 게 보였다. 날치가 솟구치는 수면 바로 밑에서 물살을 가르며 헤엄치는 걸로 보아 만새기는 물속에 있다가 날치가 떨어질 때 돌진하려는 모양이었다. 굉장한 만새기 떼로군. 노인은 생각했다. 만새기 떼가 저리 넓게 포진하고 있으니 날치는 이제 살 기회가 없겠어. 기회 없기는 새도 마찬가지고. 새가 감당하기에 날치는 너무 크고 너무 빨라.

노인은 날치 떼가 거듭 솟구쳐 오르고 새가 헛수고를 되풀이하는 모습을 지켜보았다. 만새기 떼는 저 멀리 가버렸군. 노인은 생각했다. 너무 빨리, 너무 멀리 가버렸어. 그래도 무리에서 뒤처진 놈 하나는 잡을 수 있을지 몰라. 내 차지가 될 큰 물고기가 만새기 떼 근처에 있을지도 모른단 말씀이야. 틀림없이 큼지막한 놈이 어딘가에서 나를 기다리고 있을 거야.

육지를 덮은 구름이 산처럼 부풀어 오르고, 잿빛 머금은 푸른색 언덕을 뒤로한 해안이 한 줄 긴 녹색 선으로 보였다. 이제 바닷물은 검푸르다 못해 보랏빛에 가까운 색을 띠고 있었다. 물속을 들여다본 노인의 눈에 어둠 속에 체로 흩어놓은 듯한 붉은색 플랑크톤과 햇빛이 묘한 느낌으로 비쳐 들었다. 노인은 낚싯줄이 시야가 닿지 않는 물속에 똑바로 드리워졌는지 살피다 플랑크톤이 많은 걸 발견하고는 흐뭇해졌다. 물고기가 몰려 있다는 뜻이기 때문이었다. 해가 좀 더 높아진 지금, 햇빛이 물속에서 저리 이상한 빛을 낸다면 날씨가 좋을 징조였다. 육지에 피어오른 구름의 모양을 봐도 알 수 있었다. 새는 이제, 거의 시야에서 벗어났고, 바다 위에는 아무것도 보이지 않았다. 햇빛에 누렇게 바랜 모자반 해초 몇 가닥과 젤라틴 형태의 보라색 고깔해파리 부레가 무지갯빛으로 반짝이며 조각배 가까이 떠 있을 뿐이었다. 해파리는 몸을 옆으로 뉘었다가는 또 곧추세웠다. 치명적인 독을 지닌 보랏빛 긴 촉수를 일 미터는 족히 물속에 늘어뜨린 채 물거품처럼 가볍게 떠다녔다.

"아구아 말라(Agua Mala)."*

노인이 내뱉듯 말했다.

"이 갈보 같은 것."

노를 젓다 배가 가볍게 흔들리자 노인은 물속을 내려다보았다. 흐느적대는 해파리 촉수와 비슷한 색의 작은 물고기들이 그 촉수 사이를 헤엄쳐 다니기도 하고, 해파리가 떠다니다 만든 작은 그늘 속에 들어가 있는 게

* '나쁜 물'이라는 뜻의 스페인어로 고깔해파리의 별칭

보였다. 그 작은 물고기들은 해파리 독에 내성이 있었다. 하지만 사람은 그렇지 못해 고기를 잡는 동안 혹여 그 촉수가 낚싯줄에 눌어붙어 보랏빛 점액질을 남기기라도 하면 담쟁이덩굴이나 옻나무 독이 오를 때처럼 노인의 팔이나 손은 따갑게 부어오르기에 십상이었다. 특히나 아구아 말라의 독은 채찍을 휘두르는 듯 더 빨리 퍼지고 반응도 즉각 나타났다.

무지갯빛 해파리는 아름다웠다. 그러나 이 바다에서 가장 '거짓'에 걸맞은 존재인 만큼 노인은 덩치 큰 바다거북이가 해파리를 잡아먹는 모습을 보면 통쾌했다. 바다거북은 해파리를 보면 정면으로 돌진해 눈까지 질끈 감고 등껍질에 완전히 들어가서는 해파리를 촉수고 뭐고 남김없이 먹어치웠다. 노인은 바다거북이가 해파리를 먹는 모습을 구경하는 게 몹시도 즐거웠고, 폭풍우가 지나간 뒤 해변에 널린 해파리를 밟으며 걷는 것도, 굳은살 박인 발뒤꿈치로 밟을 때 해파리 툭툭 터지는 소리를 듣는 것도 좋아했다.

노인은 푸른바다거북과 매부리거북을 특히 좋아했다. 품위 있고 제법 빠른 데다 값어치도 높아서였다. 갑

옷 같은 누런 껍데기에, 교미하는 모양새도 야릇하기 짝이 없지만 눈을 지그시 감고 흡족한 듯 아구아 말라를 먹는, 거대하고 아둔한 붉은바다거북에는 호감 섞인 거부감이 느껴졌다.

노인은 수 해 거북잡이 배를 탔어도 딱히 거북이가 그리 신비롭지는 않았다. 거북이라면 죄다 가여웠다. 몸길이가 조각배만 하고 무게는 일 톤을 육박하는 거대한 장수거북도 마찬가지였다. 사람들은 대부분, 살을 가르고 토막을 내도 심장이 몇 시간 더 뛴다는 이유로 거북을 무자비하게 대한다. 나도 그런 심장을 가졌고, 내 손발도 녀석들 것과 다름없지 않나. 노인은 생각했다. 노인은 기력을 돋울 요량으로 하얀 거북 알을 먹곤 했다. 오월에는 힘을 비축하려 한 달 내내 먹었고, 구월과 시월에는 큰 물고기를 잡기 위해서 먹었다.

노인은 어부들이 어구를 맡겨두는 오두막의 큰 드럼통에서 상어간유도 매일 한 잔씩 떠 마셨다. 간유는 원하는 어부는 누구든 마시라고 둔 것이었는데 정작 어부들 대부분은 간유 맛에 질색했다. 새벽같이 일어나야 하는 고충보다 끔찍한 정도는 아닐 텐데도 그랬다. 그래도 간유는 온갖 종류의 감기나 독감을 낫게 하는 데도 아주 좋고 눈에도 효력이 있었다.

노인이 하늘을 올려다보니 군함새가 다시 빙빙 돌고 있었다.

"저 녀석이 물고기를 찾았구나." 노인이 큰 소리로 말했다.

날치가 수면을 가르고 솟구친 것도, 미끼 고기들이 흩어지는 것도 아니었다. 다만, 가만히 보니, 작은 다랑어 한 마리가 공중으로 솟구쳐 빙글 돌다가 대가리부터 물속으로 떨어졌다. 햇빛을 받은 다랑어는 은색으로 반짝였고 한 마리가 바다로 떨어지자 또 다른 놈들이 연달아 뛰어올랐다. 그러다 이내 사방에서 다랑어가 대거 물속으로 뛰어들더니 물살을 휘저으며 미끼 고기를 따라 껑충껑충 뛰어올랐다. 다랑어 떼는 미끼 고기를 에워싸며 몰아가고 있었다.

저놈들이 너무 빨리 가지만 않는다면 쫓아가보겠는데……. 노인은 그리 생각하며 다랑어 떼가 하얀 물보라를 일으키는 모습, 그리고 우왕좌왕하다 수면으로 떠밀린 미끼 고기를 향해 군함새가 내려앉으며 물속에 주둥이를 박는 모습을 지켜보았다.

"군함새는 아주 쓸모 있어." 노인이 말했다.

바로 그 순간, 노인이 한 번 돌려 밟고 있던 고물 쪽 낚싯줄이 팽팽해졌다. 노인이 노를 내려놓고 낚싯줄을 꽉 붙잡고 당기기 시작하자 줄을 버티며 부르르 떠는 다랑어의 무게가 느껴졌다. 노인이 줄을 당길수록 떨림이 커지는가 싶더니 이윽고 물속에서 물고기의 푸른 등과 황금빛 옆구리가 보였다. 노인은 물고기를 배허리 쪽으로 홱 낚아채 안으로 끌어당겼다. 고물 바닥에 떨어진 다랑어는 햇빛을 받으며 누워 있었다. 몸이 탄탄하고 총알처럼 생긴 다랑어는 크고 흐리멍덩한 눈을 부릅뜬 채, 그 미끈하고 날렵한 꼬리를 파르르 떨며 배 바닥에다 대고 사력을 다해 퍼덕거렸다. 노인은 친절하게도, 빨리 죽여주려 그 대가리를 치고는 아직 몸을 달달 떨고 있는 다랑어를 고물 쪽 그늘로 걷어찼다.

"날개다랑어로군." 노인이 큰 소리로 말했다. "아주 훌륭한 미끼가 돼주겠군그래. 오 킬로그램은 되겠어."

노인은 혼자 있을 때 언제부터 혼잣말하기 시작했는지 기억나지 않았다. 전에는 혼자 있을 때면 노래를 불렀다. 활어선이나 거북잡이 배에서 밤 당번을 맡아 홀로 키를 잡을 때면 종종 노래를 부르곤 했다. 혼잣말하기 시작한 건 소년이 떠난 뒤부터인 듯했다. 하지만 확실히 기억나지는 않았다. 노인과 소년은 함께 고기 잡던 시절, 꼭 필요할 때만 대화를 했다. 두 사람은 한밤중이나 날씨가 사나워져 폭풍우에 발이 묶일 때 이야기를 나눴다. 바다에서는 쓸데없는 말을 하지 않는 걸 미덕으로 쳤고, 노인도 늘 그리 여기고 지켰다. 하지만 지금은 민폐가 될 사람도 없고 해서, 노인은 드는 생각을 계속 소리 내어 말하고 있었다.

"혼자 지껄이는 걸 남들이 들으면 미쳤다고 하겠지." 노인이 큰 소리로 말했다.

"하지만 나는 미치지 않았으니 상관없어. 돈 많은 작자들이야 자기에게 떠들어줄 라디오를 배에 가져오고 야구장에도 갖고 다니겠지."

지금 야구 생각을 할 때가 아니야. 노인은 생각했다. 지금은 한 가지만 생각할 때야. 내가 태어날 때부터 잘한 일 말이지. 저 물고기 떼 근처에 큰 놈이 있을지 몰라. 지금 나는 기껏해야 배를 채우다 무리에서 뒤처진

다랑어 한 마리를 본 데 지나지 않아. 다른 놈들은 멀리까지, 그것도 아주 빨리 나가고 있어. 오늘 수면에서 보이는 녀석들은 하나같이 날쌔게 북동쪽으로 향하고 있군. 이맘때라 그런 걸까? 아니면 내가 모르는, 어떤 날씨의 조짐 같은 것인가?

이제 해안가 쪽에서는 초록색 대신 푸른 산마다 봉우리가 눈에 덮인 듯 하얗게 보일 뿐이었다. 그 위로 또 높이 솟은 설산처럼 구름이 걸쳐 있었다. 바다는 몹시 어두웠고 물속에서는 햇빛이 다채로운 프리즘빛을 빚어냈다. 헤아릴 수 없이 많던 플랑크톤 떼도 저 높이 올라간 햇볕 아래 흐릿했고, 이제 보이는 것이라곤 푸른 물속에 깊게 드리운 프리즘빛과 일 마일* 물속으로 곧게 내려간 낚싯줄뿐이었다.

다랑어는 물속으로 다시 들어가고 없었다. 이런 종류의 고기를 어부들은 죄 '다랑어'라 하는데, 고기를 팔거나 미끼용 고기와 맞바꿀 때만 제 이름으로 구별해 불러주었다. 이제, 뜨거워진 햇볕이 목덜미에서 그대로 느

---

* 약 1,500미터

껴졌고, 노를 젓노라니 노인의 등줄기를 타고 땀이 줄줄 흘러내렸다.

배를 그냥 흘러가게 두고 한숨 자둘까? 노인은 생각했다. 낚싯줄을 고리로 만들어 발가락에 감아두면 깰 수 있겠지. 오늘은 팔십 일하고도 오 일째니 어떻게든 고기를 낚아야 해.

그 순간, 낚싯줄을 살피는데 튀어나와 있던 녹색 막대 하나가 물속으로 쑥 들어가는 게 보였다.

"옳거니!" 노인이 소리쳤다. "그렇지!"

노인은 배에 부딪히지 않게 노를 노걸이에 걸었다. 그리고는 팔을 뻗어 오른손 엄지와 집게손가락으로 낚싯줄을 가만히 잡았다. 끌어당기는 힘이나 무게가 느껴지지 않아 노인은 가볍게 줄을 잡고만 있었다. 그러자 놈이 다시 왔다. 작심하고 세게 당기는 게 아니라 입질 정도였지만 노인은 놈의 정체를 알 수 있었다. 지금, 백 패덤* 밑 물속에서 청새치 한 마리가 낚싯바늘 끝과 몸체에 감아놓은 정어리를 먹는 중이었다. 바로 거기, 새

---

* 약 180미터

끼 다랑어 대가리를 뚫고서 손으로 벼린 낚싯바늘이 튀어나와 있었다. 노인은 낚싯줄을 조심해서 잡고 왼손으로 막대에 연결된 줄을 풀었다. 이제 손가락 사이로 잡고 있는 낚싯줄을 술술 풀려나가게 두면 놈은 아무런 저항도 느끼지 못할 터였다.

이달에 이리 먼 데까지 나왔다면 큰 놈이 틀림없어. 노인은 생각했다. 물고기야, 미끼를 먹어라, 먹어. 부디 먹어주렴. 미끼가 얼마나 싱싱한지 몰라. 게다가 너는 이백 미터 저 아래 깊고 깜깜한 물속에 있지 않으냐. 그 어둠 속을 한 바퀴 더 돌고 와 맘껏 먹으려무나.

낚싯줄이 가볍게 당겨지는 게 느껴졌다. 이어, 정어리 대가리가 낚싯바늘에서 잘 떨어지지 않는지 조금 더 세게 당기는 조짐이 있었다. 그러고는 또 아무 느낌이 없었다.

"자, 어서!" 노인이 소리쳤다.

"한 번 더 돌고 와서 냄새를 좀 맡아봐. 입맛 당기지 않아? 실컷 먹다 보면 그 옆에 다랑어도 있을 게다. 탱탱하고 싱싱하고 맛난 놈이지. 물고기야, 체면 차리지 말고 어서 먹거라."

노인은 엄지와 집게손가락 사이에 낚싯줄을 끼우고 기다렸다. 고기가 아래위로 헤엄칠지 몰라 다른 줄도 같이 지켜보았다. 그러자 좀 전과 같은 희미한 입질이 또 느껴졌다.

"이번에는 물 거야." 노인이 큰 소리로 말했다. "신이여, 저놈이 미끼를 물게 도우소서."

그러나 고기는 미끼를 물지 않았다. 어느새 달아나버렸는지 노인은 아무것도 느낄 수 없었다.

"결단코 그냥 가버리지는 않았을 거야." 노인이 말했다. "고기가 절대 가지 않았다는 걸 신은 아시겠지. 필시 한 바퀴 돌고 있을 거야. 전에 낚싯바늘에 걸린 적이 있어 그 비슷한 기억이 난 게지."

순간, 낚싯줄에 뭔가 가볍게 닿는 게 느껴졌고 노인은 마냥 기뻤다.

"역시 한 바퀴 돌고 온 게지." 노인이 말했다. "이제는 미끼를 물 거야."

그런데 낚싯줄에서 가볍게 당기는 힘을 느끼고 흐뭇해진 것도 잠시, 뭔가 거세고 믿기지 않을 만큼 육중한 느낌이 전해졌다. 다름 아닌, 물고기의 무게였다. 노인은 낚싯줄이 아래로, 아래로 계속 미끄러져 내려가도록 낚싯줄 두 타래 여분 가운데 하나를 풀어주었다. 낚싯줄이 손가락 사이로 미끄러지며 풀려 내려가는 동안에도 엄청난 무게를 느낄 수 있었다. 엄지와 집게손가락에 아주 살짝 힘을 주는 정도였는데도 그랬다.

"굉장한 놈이야." 노인이 말했다. "미끼를 옆으로 물고 그대로 내뺄 참이군."

그러고 방향을 틀어 미끼를 꿀떡 삼키겠지. 노인은 생각했다. 그 생각을 입 밖으로 꺼내지는 않았다. 좋은 일을 말로 해버리면 실제로 일어나지 않는다고 믿어서였다. 보통 큰 물고기가 아니라는 느낌이 들자 노인은 컴컴한 물속에서 다랑어를 옆으로 물고 달아나는 놈을 그려 보았다. 순간, 물고기의 움직임이 딱 멈추었다. 묵직한 느낌은 그대로였다. 그러다 당기는 힘이 강해져 노인은 낚싯줄을 좀 더 풀었다. 줄을 지탱하고 있는 엄지와 집게손가락에 힘을 조금 더 주었더니 무게감이 커지는 듯하다가 줄이 아래로 쭉 끌려갔다.

"놈이 미끼를 물었어." 노인이 말했다. "이제 실컷 먹게 해줘야겠군."

손가락 사이로 줄을 풀어주면서 노인은 왼손을 뻗어 예비 낚싯줄 두 타래의 끄트머리를 다른 두 타래와 고리로 엮어 단단히 묶었다. 이제 만반의 준비를 마친 셈이었다. 지금 풀고 있는 낚싯줄 말고도 노인에게는 칠십 미터짜리 낚싯줄이 세 타래가 더 있었다.

"좀 더 먹거라." 노인이 말했다. "마음껏 먹어."

낚싯바늘이 네놈 심장을 뚫어 숨통을 끊어놓을 수 있게 실컷 먹거라. 노인은 생각했다. 그러고 이리 순순히 올라오너라. 이 작살로 네 몸을 뚫어주마. 자 이제, 준비됐느냐? 그만하면 실컷 먹었겠지?

"그래, 지금이야!"

노인은 그리 외치고 두 손바닥을 세게 마주쳐 줄을 일 미터 정도 확보하고 또 손바닥을 마주치길 반복했다. 그러고는 자신의 체중을 축으로 삼아 온 힘을 끌어모은 양팔을 번갈아 좌우로 흔들며 줄을 끌어당겼다.

그런데 아무 소득이 없었다. 물고기는 저만치로 유유히 멀어지며 갔고 노인은 고기를 한 치도 끌어 올리지 못했다. 노인의 낚싯줄은 큰 고기를 잡는 용도라 아주 튼튼해서 그걸 등으로 지지하고 있자니 팽팽해진 줄에서 물방울이 튀어 올랐다. 물속에 잠긴 줄에서는 쉭쉭 소리가 나기 시작했다. 노인은 줄을 잡은 채 노 젓는 가로장에 다리를 버티며 물고기가 당기는 힘에 맞서 몸을 뒤로 젖혔다. 배는 북서쪽을 향해 천천히 움직이기 시작했다.

물고기가 한결같이 헤엄치면서 고기와 배는 같이 잔잔한 바다 위를 움직여갔다. 다른 미끼는 아직 물속에 있었지만 달리 손 쓸 일은 없었다.

"그 아이가 있다면 얼마나 좋을까." 노인이 큰 소리로 말했다.

"물고기에 질질 끌려가고 있는 지금 내 꼴이 예인선 말뚝인 셈이로군. 줄을 어디 잡아맬 수도 있지만 그랬다간 놈이 줄을 끊어놓을지 몰라. 힘닿는 데까지 저놈을 붙잡고 있다가 놈이 원하면 줄을 풀어주자고. 그나마 물속으로 안 기어들고 저리 헤엄치고 있으니 신이 도우심이지."

그런데 저놈이 물속으로 들어가 버리기로 작정하면 어쩐담? 방도를 모르겠어. 대가리를 처박고 행여 죽기라도 하면 어쩌고? 그 또한 방법을 모르겠군. 그래도 나는 뭐든 할 작정이야. 필시 내가 할 수 있는 일이 많을 테지.

노인은 등으로 낚싯줄을 버티며 물속에 줄이 비스듬히 잠긴 채 배가 서북쪽으로 달리는 모습을 지켜보았다.

이러다 보면 언젠간 네놈이 죽겠지. 노인은 생각했다. 네놈이 이 짓을 언제까지 할 수 있을 성싶으냐?

그런데 네 시간이 지나도록 물고기는 여전히 배를 끌며 바다를 헤엄쳐가고 있었다. 노인은 그때까지도 줄을 등에 걸친 채 버티고 있었다.

"저놈이 미끼에 걸린 게 정오였지, 아마?" 노인이 말했다. "그런데 난 아직 그 낯짝 한번 못 봤군그래."

고기가 미끼를 물기 전부터 깊이 눌러 내려쓰고 있었던 밀짚모자 때문에 노인은 이마가 칼에 베인 듯 쓰렸다. 심하게 목이 타 노인은 무릎을 접고, 행여 줄이 갑자기 당겨지지 않게 조심하며 힘겹게 이물 쪽으로 갔다. 한쪽 손에 물병이 잡혔다. 노인은 뚜껑을 열어 물을 조금 마셨다. 그러고는 뱃머리에 기대 숨을 돌렸다. 아직 세우지 않은 돛과 돛대를 깔고 앉은 채 쉬면서 노인은 버티자는 생각 외에는 하지 않으려 애썼다.

문득 뒤돌아보니 육지가 보이지 않았다. 그렇다고 달라질 일은 없어. 노인은 생각했다. 나는 언제든 아바나에서 비치는 빛을 따라 돌아갈 수 있어. 해가 지려면 아직 두 시간이나 더 남았고 그 전에 저놈이 올라올지 몰라. 그때가 아니어도 달이 뜨면 올라오겠지. 그때도 아니면 해 뜰 때는 올라오겠지. 나는 몸 어디에 쥐가 오르는 데도 없고 기운도 팔팔해. 아가리에 낚싯바늘을 꽂고 있는 건 저놈이지. 그런데도 저리 세게 당기다니, 정말 대단한 놈이야. 철사 목줄이 저놈 아가리를 틀어쥐고 있겠지. 그 낯짝을 한번 보고 싶군그래. 내가 상대하고 있는 저놈의 실체를 단 한 번이라도 볼 수 있다면 좋으련만.

별을 보고 판단컨대, 물고기는 밤새 진로나 방향을 한 번도 바꾸지 않았다. 해가 진 뒤로는 기온이 떨어져 노인의 늙은 등과 팔다리에 흐르던 땀이 차갑게 말라붙었다. 낮 동안 노인은 미끼통을 덮었던 부대를 벗겨 햇볕에 널어 말렸다. 해가 지자 노인은 부대를 목에 둘러매 등에 늘어뜨리고 양어깨로 걸머지고 있는 낚싯줄 밑으로 그걸 조심조심 밀어 넣었다. 부대가 낚싯줄을 받쳐주는 데다 몸을 앞으로 좀 기울여 뱃전에 기대는 방법을 찾아냈기에 그런대로 편안해졌다. 사실은 견딜 수 없는 정도가 조금 덜어진 데 지나지 않았지만 노인은 그런대로 편안하다고 생각하기로 했다.

나도 저놈을 어찌할 수 없고, 저놈도 나를 어찌하지 못해. 노인은 생각했다. 저놈이 이렇게 버티는 한은 말이지.

노인은 한 번 일어나 뱃전 너머로 오줌을 눈 뒤 별을 쳐다보며 항로를 살펴보았다. 노인의 어깨에서 물속으로 곧게 뻗은 낚싯줄이 광선 줄기처럼 빛나고 있었다. 물고기와 조각배의 움직임이 전보다 더 느려지고 아바나의 불빛이 그리 선명하지 않은 것으로 보아 조류가 동쪽으로 흐르고 있다는 걸 알 수 있었다. 저 아바나의 불빛이 시야에서 사라지면 동쪽으로 훨씬 더 가까이 다가들고 있다는 뜻이야. 노인은 생각했다. 저놈이 제 길로 가고 있다면 저 불빛이 아직 몇 시간은 더 보여야만 해. 오늘 메이저리그 야구 시합은 어찌 됐나 모르겠군. 노인은 생각했다. 이럴 때 라디오가 있다면 얼마나 좋을까? 그러다 노인은 이내 생각을 고쳐먹었다. 네가 지금 하고 있는 일만 생각해. 한심한 짓거리를 해서는 안 돼.

그러고서 노인이 소리 내 말했다.

"그 아이가 함께 있다면 좋으련만. 도움도 받고 이 구경도 같이하면 오죽 좋아."

누구든 늙어 혼자 있으면 안 돼. 노인은 생각했다. 하지만 피할 수 없는 일이지. 계속 힘을 쓰려면 다랑어가 상하기 전에 먹어둬야 해. 아무리 먹기 싫어도 아침에는 다랑어를 먹어야겠어. 명심해. 노인은 스스로 다짐했다.

밤 동안 배 주위로 다가든 돌고래 두 마리가 물속에서 몸을 굴리며 물 뿜는 소리가 들렸다. 노인은 수컷이 요란하게 물 뿜는 소리와 암컷이 한숨 쉬듯 물 뿜는 소리를 구분할 수 있었다.

"착한 녀석들." 노인은 말했다. "돌고래는 어울려 놀기도 하고, 장난도 치고, 사랑도 하지. 저 날치처럼 우리에겐 형제 같은 녀석들이야."

문득, 노인은 낚싯바늘에 걸린 큰 물고기가 가여워지기 시작했다. 굉장하면서도 별나기 짝이 없는 놈 같으니……. 도대체 몇 살이나 먹은 놈일까. 노인은 생각했다. 저리 힘 좋고 하는 짓도 별난 물고기는 잡아본 적 없었어. 무턱대고 뛰어오르지 않는 걸 보면 보통 영리한 놈이 아니야. 뛰어오르거나 성미대로 날뛰면 날 뭉개고도 남을 텐데 말이지. 필시, 전에도 낚싯바늘에 숱하게 걸려봐서 싸움을 이리 풀어가야 한다고 배운 게지. 저를 상대하는 이가 기껏 한 사람에, 그것도 노인네란 사실은 알 턱이 없을 테고……. 도대체 얼마나 큰 놈일까? 살이 통통하면 시장에서 몸값이 꽤 나갈 거야. 저놈이 사내답게 미끼를 물고, 사내답게 힘을 쓰고 있는 것 좀 봐. 이리 싸우면서도 당황하는 기색이란 없지 않나. 네 놈은 무슨 계획이라도 있는 게냐, 아니면 나처럼 절박할 따름인 게냐.

노인은 예전에 청새치 한 쌍 중 한 마리를 잡은 기억이 났다. 청새치 수컷은 암컷에게 늘 먹이를 먼저 양보한다. 그래서 미끼를 앞서 문 암컷이 겁에 질려 필사적으로 날뛰다 제풀에 지쳤을 때, 수컷은 암컷과 같이 바다 위를 맴돌다가 낚싯줄을 넘나들기도 하면서 그 곁을 떠나지 않았다. 수컷이 너무 바싹 붙어 있는 바람에 노인은 크기도, 생긴 것도 딱 낫 같은 녀석의 날카로운 꼬리에 낚싯줄이 끊어지지는 않을까 걱정되었다. 노인은 암컷을 갈고리로 찍어 언저리는 사포처럼 꺼끌꺼끌하고 끝은 양날 칼처럼 뾰족한 그 부리를 움켜쥐고 정수리에 몽둥이질을 했다. 암컷의 몸 색이 거울 뒷면과 흡사하게 바뀌자 소년의 도움을 얻어 고기를 배 안으로 끌어 올렸다. 수컷은 그때까지도 배 옆에 달라붙어 떠나지 않았다. 노인이 낚싯줄을 거두고 작살을 준비하는데, 암컷의 행방을 찾기라도 하듯, 수컷이 배 옆쪽에서 공중으로 펄쩍 솟구쳐 올랐다. 그러고는 연보랏빛 가슴지느러미를 날개처럼 확 펼쳐 큼직한 연보랏빛 줄무늬를 내보이더니 물속 깊이 자취를 감추었다. 끝까지 곁을 지키다니, 참 아름다운 물고기였어. 노인이 그때 기억을 돌이켰다. 청새치를 보아 온 중 가장 가슴 아픈 일이었지. 노인은 생각했다. 그 아이도 슬퍼했어. 우리는 암컷에게 용서를 구하며 곧바로 그 살을 발랐지.

"그 아이가 여기 있다면 좋으련만."

노인은 그리 소리 내 말하고 뱃머리 둥그런 널판에 몸을 기댔다. 뭐가 됐건 자신이 한 선택을 향해 꿋꿋이 나아가고 있는 저 대단한 물고기의 힘이 노인이 양어깨에 걸머지고서 지탱하고 있는 낚싯줄로 전해져왔다.

일단 내 계책에 걸려든 이상 네놈도 선택이 불가피했으렷다. 노인은 생각했다. 네놈의 선택은 올가미나 함정이나 계책이 닿지 않는 저 깊고 어두운 먼 바닷속에 가라앉아 있는 것이었겠지. 내 선택은 세상 사람 그 누구도 닿지 못하는 그곳에 가 너를 찾아내는 것이었고……. 그래서 우리는 지금 이렇게 만났고 정오부터 줄곧 이리 같이 있는 게 아니더냐. 아쉽지만 너도, 나도 도움을 구할 이는 없어.

나는 어부가 되지 말았어야 했는지도 몰라. 노인은 생각했다. 하지만 어부가 되는 게 내가 태어난 이유니 어쩌겠나. 날이 밝거든 잊지 말고 다랑어나 잘 챙겨 먹을밖에…….

동트기 직전, 노인의 등 뒤쪽으로 내린 미끼 중 하나에 무언가가 걸려들었다. 막대가 부러지면서 뱃전 너머로 줄이 급히 풀려나가는 소리가 들렸다. 노인은 어둠 속에서 칼집에서 칼을 빼 들고 몸을 뒤로 젖혀 왼쪽 어깨로 고기의 무게를 온전히 감당하면서 뱃전 널판에 그 줄을 대고 끊었다. 그리고는 가장 지척에 있던 다른 줄도 끊어 예비 낚싯줄 타래의 풀린 끝과 끝을 단단히 동여맸다. 노인은 한 손을 능숙하게 놀리며 한 발로 줄을 밟아 지지한 채 줄을 단단히 매듭지었다. 이제 예비 낚싯줄 타래를 여섯 개 이어 붙인 셈이었다. 방금 끊어낸 미끼들에 달렸던 두 개와 지금 고기가 물고 있는 줄 두 개를 모두 하나로 이었다.

날이 밝는 대로, 칠십 미터 아래 미끼를 내려놓은 줄도 잘라 예비 타래에 이어야겠어. 노인은 생각했다. 사백 미터나 되는 상태 좋은 카탈루냐산 낚싯줄과 고리며 목줄은 잃어버리게 생겼군. 그거야 또 장만하면 그만이야. 다른 고기를 잡겠다고 이 줄을 잘라 버리면 이런 고기를 또 언제 잡아보겠어? 방금 미끼를 물었던 고기는 어떤 종자인지 모르겠군. 청새치나 황새치 아니면 상어였겠지. 제대로 느껴볼 새도 없었어. 얼른 치워버려야 했으니 도리 없었지.

"그 아이가 있다면 오죽이나 좋으냐고!" 노인이 큰 소리로 말했다.

그래 봐야 지금 그 아이는 없어. 노인은 생각했다. 너 혼자야. 그러니 정신 차리고 마지막 남은 줄이나 손보시지 그래. 어둡든 밝든 간에, 그 줄을 끊어 예비 타래 두 개에 이어 붙이란 말이야.

노인은 생각한 그대로 행동에 옮겼다. 어둠 속에서 하기에 만만한 일이 아니어서 한번은 물고기가 푸득거리는 바람에 앞으로 고꾸라지면서 눈 아래가 찢어지고 말았다. 뺨을 타고 피가 조금 흘러 내렸다. 그러나 피는 턱까지 내려오기 전에 엉겨 붙었고, 노인은 뱃머리로 돌아가 널판에 기대 쉬었다. 노인은 부대 위치를 조정하고, 줄이 어깨의 다른 부위에 걸쳐지도록 줄을 조심스레 움직여보았다. 그러고는 어깨로 줄을 단단히 버티며 고기가 당기는 힘을 주의 깊게 가늠한 다음, 손을 물속에 넣고 배가 움직여가는 속도를 느껴보았다.

저놈이 왜 갑자기 몸부림을 쳤을까? 노인은 생각했다. 필시 낚싯줄이 그 넓대대한 등짝을 스쳤겠지. 그런들 네놈 등짝이 내 등만큼이야 아플까보냐. 네가 제아무리 크다 한들 이 배를 영원히 끌고 갈 수야 없을 게다. 이제 문제 될 만한 건 모두 손을 써 뒀고 예비 줄도 이리 넉넉히 확보했으니 거칠 게 무에냐.

"물고기야." 노인이 부드럽게 불렀다. "내, 죽을 때까지 너와 함께해주마."

모르긴 몰라도, 저놈 역시 나와 함께할 테지. 노인은 그런 생각을 하며 날이 밝기를 기다렸다. 해가 뜨기 전이 무렵은 춥다 보니 몸을 덥히려 널판에 바짝 붙었다. 저놈이 버티는 한 나도 버틸 수 있어. 노인은 생각했다. 첫 햇살이 비추면서 낚싯줄이 팽팽히 당겨지는가 싶더니 물속으로 내려갔다. 조각배는 한결같이 움직이고 있었고, 해가 가장자리를 살짝 내밀면서 노인의 오른쪽 어깨 위에 햇살이 내려앉았다.

"저놈이 북쪽으로 가고 있구나." 노인이 말했다.

조류 때문에 우리는 동쪽으로 멀리 흘러가겠지. 노인은 생각했다. 물고기가 경로를 바꿔 조류를 타 줘야 할 텐데……. 저놈의 힘이 빠지고 있다는 증거니까 말이지.

하지만 해가 더 높이 떠오른 뒤에도 노인은 물고기가 지칠 기미가 없다는 걸 깨달았다. 한 가지 고무적인 징조는 있었다. 완만한 줄의 모양새로 보아 물고기는 그리 깊지 않은 곳에서 헤엄치고 있었다. 그렇다고 반드시 물고기가 뛰어올라 주리라 장담은 못 하지만 분명 가능성은 있었다.

"신이여, 저놈이 뛰어오르게 해주소서." 노인이 말했다. "제겐 놈을 상대할 낚싯줄이 충분합니다."

내가 당기는 힘을 조금 더 쓰면 물고기가 아파서 뛰어오를지도 몰라. 노인은 생각했다. 이제 해가 났으니 저놈을 뛰어오르게 해야 돼. 그러면 그 등짝에 붙이고 다니는 부레에 공기가 들어차 저놈이 죽을 심산으로 물속 깊이 기어들어 가지도 못할 게야.

힘을 더 써볼까 싶었지만 고기가 걸려든 뒤로 줄은 금방이라도 끊어질 듯 팽팽해진 상태였다. 줄을 당겨보려 몸을 조금만 뒤로 젖혀도 바로 강한 저항이 느껴져 노인은 더 당겨서는 안 된다는 걸 알았다. 갑자기 낚아채면 절대 안 돼. 노인은 생각했다. 성급히 잡아당길 때마다 낚싯바늘이 걸린 자리가 넓어져 저놈이 뛰어오르면서 바늘을 뱉어낼지도 몰라. 어찌 됐건, 해가 뜨니 한결 낫군그래. 이번엔 해를 쳐다봐야 할 필요도 없고.

낚싯줄에 걸린 누런 해초를 보니 물고기에게는 그게 그나마 짐 하나를 얹은 격이 될 터라

노인은 흐뭇했다. 밤에 그리도 밝은 빛을 내던 게 바로 저 누런 모자반 해초였다.

"물고기야." 노인이 말했다. "나는 너를 대단히 사랑하고 존중한단다. 하지만 난 이날이 다 가기 전에 널 꼭 잡아서 죽일 작정이다."

부디 그리되길 합심해 빌자꾸나. 노인은 생각했다.

그때 북쪽에서 작디작은 새 한 마리가 배를 향해 날아들었다. 휘파람새였다. 새는 수면에 붙어 아주 낮게 날고 있었다. 아주 많이 지쳐 보였다. 새는 고물 쪽으로 날아와 앉는가 싶더니 다시 날아올라 노인의 머리 주위를 빙빙 돌다 좀 더 편해 보이는지 이번에는 낚싯줄로 가 앉았다.

"넌 몇 살이나 먹었니?" 노인이 새에게 물었다. "이번에 처음 나들이를 나온 게냐?"

노인이 말하는데 새가 노인을 쳐다보았다. 기진맥진해 줄을 제대로 살피지 못하는지 가냘픈 발가락으로 줄을 꽉 잡고 있는데도 새는 연신 휘청거렸다.

"줄은 튼튼하단다." 노인이 새를 향해 말했다. "너무 튼튼할 정도지. 간밤에 바람 한 점 없었는데 그리 지쳐서야 쓰나. 너희 새들은 이제 어디로 가는 건가그래."

너희를 맞으러 이 먼바다까지 행차하는 매한테로 가

려나. 노인은 생각했다. 그런 말을 새에다 대고는 절대 하지 않았다. 어차피 알아듣지도 못할뿐더러 이제 머지않아 매에 관해 저 스스로 알게 될 터였다.

"푹 쉬어라, 작은 새야." 노인이 말했다. "그러고 세상으로 들어가 사람이나 새나 물고기처럼, 너도 네 몫의 기회를 잡아보렴."

밤사이 뻣뻣해진 등이 이제는 몹시 아프던 차에 새에게 말을 하다 보니 노인은 조금 기운이 났다.

"너만 좋거든 내 거처에 머물러도 좋단다, 새야." 노인이 말했다. "이제 산들바람도 적당히 불고 돛을 세워 널 편히 데려가면 좋겠지만 그러지 못해 미안하다. 난 지금 친구와 볼일이 있구나."

그 순간, 물고기가 갑자기 몸부림을 치는 바람에 노인이 이물 쪽으로 고꾸라졌다. 단단히 중심을 잡고 있다가 줄을 바로 더 풀었기에 망정이지 노인은 하마터면 배 밖으로 떨어질 뻔했다. 낚싯줄이 느닷없이 당겨지면서 새는 날아가 버렸고 노인은 그 모습도 보지 못했다. 오른손으로 조심스레 줄을 더듬어보다 노인은 손에서 피가 흐르는 걸 알아챘다.

"그 순간에 무엇인가가 놈을 아프게 했나 보구먼." 노인이 큰 소리로 말했다.

노인은 고기의 방향을 돌려놓을 수 있나 보려고 낚싯줄을 끌어당겼다. 그러다 줄이 끊어질 듯싶어지자 노인은 줄을 잡은 그대로 당기는 힘에 맞서 몸을 버텼다.

"이제는 네놈도 이 모든 걸 느끼는구나." 노인이 말했다. "나도 그렇다는 걸 신은 아시겠지."

새를 벗 삼으면 좋겠다는 생각에 둘러보았지만 새는 사라지고 없었다.

얼마 머무르지도 못하고 갔구나. 노인은 생각했다. 해안가에 닿기까지 네가 가는 길은 더 험난할 게야. 저놈이 기껏 한 번 잡아당겼다고 이리 손까지 벨 게 뭐람. 내가 아주 멍청해지고 있는 모양이군. 작은 새를 쳐다보다 거기 정신이 팔렸는지도 모르지. 이젠 내가 하고 있는 일에 집중해야 해. 기운을 잃지 않으려면 다랑어부터 먹어두자고.

"그 아이가 여기 있다면 오죽 좋을까? 소금도 좀 필요하고……." 노인이 소리 내 말했다.

무거운 낚싯줄을 왼쪽 어깨로 옮겨서 걸머지고 노인

은 조심스레 무릎을 꿇어 바닷물에 손을 씻었다. 물속에 손을 담근 채, 노인은 손에서 흘러나온 피가 길게 꼬리를 남기는 모습이며 배가 움직여가는 대로 손에 쉼 없이 와 부딪는 물살을 한참 지켜보았다.

"놈이 한참 느려졌군." 노인이 중얼거렸다.

노인은 다친 손을 소금물에 좀 더 오래 담그고 싶었지만 언제 또 물고기가 몸부림칠지도 모르는 일이라 몸을 일으켜 다시 중심을 잡고 해 쪽으로 손을 비춰보았다. 낚싯줄이 갑자기 풀리는 마찰 때문에 살짝 벤 정도였다. 그런데 상처 난 곳이 하필, 많이 쓰는 부위였다. 이 모든 상황이 끝날 때까지 손은 요긴하게 쓰일 터라 노인은 일을 시작하기도 전에 손부터 상한 게 영 마음에 들지 않았다.

"이젠 다랑어 새끼를 먹어둬야겠어." 손에서 물기가 다 마르자 노인이 말했다.

"갈고릿대를 쓰면 끌어올 수 있으니 여기서 편히 먹어야지."

노인은 무릎을 꿇고 갈고릿대를 고물 밑으로 집어넣어 다랑어를 찾아내고는 낚싯줄 타래에 닿지 않게 조심하며 자기 쪽으로 끌어당겼다. 노인은 다시 왼쪽 어깨에 줄을 메고 왼손과 팔로 버티면서 갈고릿대 고리에서 다랑어를 빼고 갈고릿대는 제자리에 두었다. 그러고는 한쪽 무릎으로 다랑어를 누르고 대가리 뒤쪽에서 꼬리까지 검붉은 살을 세로로 길게 몇 조각으로 잘랐다. 쐐기 모양으로 자른 살점을 다시 등뼈를 따라 배 언저리까지 잘랐다. 여섯 조각의 살점이 나오자 노인은 그걸 뱃머리 널판 위에 펴놓고 칼을 바지에 문질러 닦았다. 다랑어 잔해는 꼬리 쪽을 잡고 들어 올려 배 밖으로 던졌다.

"한 마리를 다 먹을 수 있으려나 모르겠군."

노인은 중얼거리며 살 한 조각을 잡고 칼질했다. 줄을 세게 당기고 있는 힘이 여전하다 싶은 순간, 노인은 왼손에 쥐가 오르는 걸 느꼈다. 팽팽한 줄을 꽉 붙잡은 손이 오그라들자 노인은 혐오스럽게 그 손을 바라보았다.

"웬 놈의 손이 이 모양이야?" 노인이 말했다. "쥐가 날 테면 나보라지. 어디, 매 발톱처럼 오그라들어봐라. 그래 봐야 아무 소용없을 게다."

어디, 마음대로 해보시지. 노인은 생각하면서 컴컴한

물속에 비스듬히 잠겨 있는 낚싯줄을 내려다보았다. 지금 다랑어를 먹어둬. 다랑어를 먹으면 손에 힘이 생길 거야. 이 손이 무슨 죄가 있나? 벌써 저 물고기와 몇 시간째 씨름하고 있지만 이 싸움은 영원히 끝이 안 날 수도 있어. 그러니 지금 다랑어를 먹어두라고.

노인은 다랑어 살점을 하나 집어 입에 넣고 천천히 씹었다. 맛이 그리 나쁘지 않았다.

꼭꼭 잘 씹어. 노인이 속으로 말했다. 즙까지 살뜰히 먹어두란 말이야. 라임이나 레몬, 소금하고 곁들이면 맛이 한결 나을 텐데 아쉽군.

"이봐, 손. 자네는 좀 어떤가?"

쥐가 올라 사후경직이라도 일어난 듯 뻣뻣해진 손에 대고 노인이 물었다.

"내, 자네를 위해서라도 조금 더 먹어줌세."

노인은 두 쪽으로 자른 살점의 남은 조각을 먹었다. 그리고는 천천히 씹고 나서 껍질을 뱉어냈다.

"손 친구, 이제는 좀 어떤가? 아직 판단하기엔 이른가?"

이번에 노인은 다른 살점을 통째로 입에 넣고 씹었다.

다랑어는 힘 좋고 혈기 왕성한 물고기야. 노인은 생

각했다. 만새기 대신 다랑어를 잡아 운이 좋았어. 만새기는 맛이 너무 달거든. 다랑어는 전혀 달지 않고 힘이 좋아 아직도 살이 탱탱하잖나.

어쨌든 지금은 현실적인 생각 외에는 아무짝에도 소용없어. 노인은 생각했다. 소금이 있으면 좋겠군. 햇볕에 생선이 상하거나 말라붙을 테니 배가 고프지 않아도 전부 먹어치우는 게 상책이야. 물고기는 얌전히 가던 길을 가고 있으니 이걸 다 먹고 다시 채비하자고.

"손 친구, 자네는 좀 참게나." 노인이 말했다. "다 자네를 위해 하는 일일세."

물속의 저 물고기도 뭘 먹여야 하지 않을까? 노인은 생각했다. 저놈은 내 형제가 아니던가. 하지만 나는 놈을 죽여야 하고, 그러려면 힘이 빠지면 안 돼.

노인은 쐐기 모양의 다랑어 살점을 천천히 공들여서 전부 먹어치웠다.

그러고는 허리를 곧게 펴고 손을 바지에 문질러 닦았다.

"자." 노인이 말했다. "손, 자네는 이제 줄을 놔도 되네. 자네가 그 어이없는 짓을 그만둘 때까지 내가 오른

팔로 저놈을 상대해봄세."

노인은 왼손으로 붙잡고 있던 팽팽한 줄을 왼발 밑에 끼우고서 등에 가해지는 저항을 버티려 몸을 뒤로 젖혔다.

"신이여, 부디 쥐 난 손이 풀어지게 도와주소서." 노인이 말했다. "저 물고기가 뭘 하려는지 저는 그 속내를 알지 못합니다."

하여간 저놈은 여유작작이군. 노인은 생각했다. 제 나름의 계획을 잘 따라가고 있는 것 같거든. 그 계획이란 게 대체 뭘까? 노인은 곰곰 생각했다. 내가 가진 계획은 또 뭐란 말인가? 저놈 덩치가 저리도 크고 보니 내 것이라 봐야 임시변통으로 놈에게 맞출 수밖에 도리 없겠지. 저놈이 뛰어오르면 죽여볼 수 있겠지만 놈이 언제까지고 저리 처박혀 있겠다 하면 나도 언제까지고 이리 처박혀 있어야 할밖에…….

노인은 쥐가 난 손을 바지에 대고 문지르면서 손가락을 부드럽게 풀어보려 했다. 그러나 손은 도무지 펴지지 않았다. 햇볕을 좀 쬐면 펴질 거야. 노인은 생각했다. 방금 먹은 싱싱한 날다랑어가 소화되면 펴질 거야. 이

손을 쓸 때가 오면 난 무슨 수를 써서든 손을 펴고 말겠어. 하지만 지금은 억지로 펴고 싶지 않아. 저절로 펴지게 해야 제대로 원상복구가 되는 게지. 따지고 보면 밤새 이런저런 줄을 맸다 풀었다 하면서 이 손을 얼마나 혹사했던가.

노인은 바다 저편을 바라보다 지금 자신이 얼마나 외로운지 깨달았다. 그래도 깊고 어두운 물속으로 오색찬연한 빛을 볼 수 있었다. 앞으로 쭉 뻗은 낚싯줄과 잔잔한 바다 위에 이는 묘한 파동을 볼 수 있었다. 무역풍 때문에 구름이 뭉게뭉게 피어오르고, 전방으로 물오리 한 떼가 하늘에 제 몸들을 새기듯 선명하다가 흐려지고, 다시 선명히 나타나는 것도 보였다. 노인은 누구도 바다에서 외롭지 않다는 사실을 깨달았다.

노인은 작은 배를 타고 나갔다가 육지가 보이지 않을 라치면 사람들이 얼마나 겁에 질리는지를 생각했다. 인제라도 악천후가 닥칠 수 있는 계절이라면 더더구나 말이다. 그런데 사람들은 알까? 비록, 태풍이 오는 시간 속에 있긴 해도, 태풍만 불지 않는다면 태풍 부는 달 날씨가 일 년 중 가장 좋다는 사실을…….

태풍이 올 셈이면 바다에 나가 있는 한은 며칠 전부터 하늘에 나타나는 조짐을 볼 수 있다. 해안에서는 그게 보일 턱이 없지. 무엇을 봐야 하는지 모르니까 말이야. 노인은 생각했다. 구름의 모양이라든가, 육지에서도 당연히 변화가 있는데도 모르지. 어찌 됐건 지금, 태풍은 오지 않아.

하늘을 올려다보니 아이스크림 덩어리 같은 하얀 뭉게구름이 보이고, 그 위로 드높은 9월 하늘에 새털구름이 걸쳐 있었다.

"브리사(Brisa)*가 약하게 부는군." 노인이 말했다. "물고기야, 너보다는 내게 유리한 날씨로구나."

왼손은 아직도 쥐가 난 상태였지만 노인은 뒤틀린 손을 조금씩 풀고 있었다.

쥐가 나는 건 딱 질색이야. 노인은 생각했다. 자기 몸에 배신을 당하는 꼴이거든. 프토마인 중독으로 다른 사람들 앞에서 설사나 구토를 한다면 수치스럽지. 그런데 쥐가 나는 건(노인은 이를 '칼람브레(Calambre)'**로 여

---

* '산들바람'을 뜻하는 스페인어

** '경련'을 뜻하는 스페인어

겼다) 특히 혼자 있을 때 창피스러운 일이야.

그 아이가 옆에 있다면 팔을 주물러 팔뚝 아래로 쥐 오른 걸 풀어줄 텐데……. 노인은 생각했다. 그래도 결국에는 풀어지겠지.

그때, 오른손으로 붙잡고 있던 줄을 당기는 힘이 달라지나 싶더니 뒤이어 물속으로 이어진 낚싯줄의 경사가 바뀌는 게 보였다. 노인이 줄에 대고 몸을 기울이며 왼손으로 허벅지를 세게 내리치는데 기울어진 줄이 서서히 올라오는 게 보였다.

"저놈이 올라오는구나." 노인은 말했다. "손아, 정신 차려라, 제발 정신을 차려."

낚싯줄이 천천히, 계속 올라오더니 배 앞쪽 수면이 둥그러니 부풀어 오르면서 이윽고 물고기가 모습을 드러냈다. 멈추지 않고 계속 그대로 올라오는 물고기 양옆으로 바닷물이 쏟아져 내렸다. 햇볕을 받은 물고기는 눈부시게 빛났다. 짙은 보랏빛 머리와 등짝, 옆구리의 연보랏빛 굵은 줄무늬가 햇빛 속에 찬연히 드러났다. 주둥이는 야구방망이처럼 길고 끝은 양날 칼처럼 뾰족했다. 물고기는 물 밖으로 온몸을 드러냈다가 잠수부처럼 유유히 물속으로 다시 들어갔다. 거대한 낫날 같은 물고기 꼬리가 물속에 잠기는 순간, 낚싯줄이 다급히 풀리기 시작하는 게 보였다.

"이 배보다도 칠십 센티미터는 더 길겠어." 노인이 말했다.

줄이 빠르긴 해도 일정한 속도로 풀려나가는 모양새로 보아 물고기가 당황한 건 아니었다. 노인은 양손으로 줄이 끊어지지 않을 정도로만 붙잡고 힘을 쓰고 있었다. 그렇게 일정한 힘으로 당기며 저 속도를 늦추지 않으면 물고기가 줄을 있는 대로 끌고 가 종국에는 끊어먹을 수도 있다는 걸 노인은 알고 있었다.

대단한 놈이지만 어떻게든 내가 잘 구슬려야 돼. 노인은 생각했다. 저놈이 저가 얼마나 힘센지, 또 달아나기만 하면 뭐든 할 수 있다는 사실을 알게 해서는 안 돼. 내가 저놈이라면 뭔가 끊어질 때까지 가능한 모든 수를 쓰며 가보겠지만 말이야. 신이여, 감사합니다. 저들은 우리보다 품위 있고 힘세지만 저들을 죽이는 우리만큼 똑똑하지는 않으니 말입니다.

이제껏 노인은 큰 물고기를 많이 보아왔다. 오백 킬

로그램도 넘는 고기도 여러 차례 보았고, 평생 그 정도 되는 고기를 두 마리나 잡기까지 했다. 하지만 그럴 때도 혼자인 적은 없었다. 드디어 지금, 혼자 몸으로, 육지가 보이지 않는 이 먼바다에서 이제껏 본 중 가장 크고, 들어본 예가 없을 정도로 큰 물고기와 맞붙어 있었다. 그런데 왼손은 아직도 독수리 발톱처럼 오그라 붙어 있으니…….

풀어질 거야. 노인은 생각했다. 마땅히 쥐가 풀려서 이 오른손을 도와줄 거야. 나와 형제지간인 게 셋 있다면, 저 물고기와 내 두 손 아니던가. 그러니 풀어져야지. 쥐가 올라붙은 손이 무슨 소용이겠나?

물고기는 다시 속도를 늦춰 종전처럼 헤엄치고 있었다. 저놈이 왜 뛰어올랐는지 모르겠군. 노인이 생각했다. 제 덩치가 얼마나 큰지 내게 보여줄 작정으로 뛰어올랐던 겐가? 그래, 이제 나도 안다, 물고기야. 나도 내가 어떤 사람인지 저놈에게 보여줄 수 있다면 좋으련만. 아니, 그랬다간 저놈이 이 쥐 난 손을 볼 테지. 저 녀석이 나를 실제보다 더 나은 인간으로 생각하게 만들어야 해. 나는 그런 인간이 될 테니까 말이야. 차라리 내가 저 물고기라면 좋겠군. 노인은 생각했다. 기껏 의지와 지력뿐인 내게 저놈은 저가 가진 모든 걸 동원해 대항하고 있지 않나.

노인은 널판에 좀 더 편안한 자세로 기대고 밀려드는 고통을 견뎠다. 쉼 없이 헤엄치고 있는 물고기와 함께 배는 검은 물살을 헤치며 천천히 나아갔다. 동쪽에서 부는 바람을 타고 파도가 조금 일었다. 한낮이 되자 마침내 노인의 왼손에 난 쥐가 풀렸다.

"어쩌냐, 물고기야. 네겐 불길한 소식이구나."

노인은 그리 말하고 어깨에 두르고 있던 부대 위로 낚싯줄을 옮겨 멨다.

어느 정도 편안했지만, 고통이라 인정하지 않음에도 불구하고 고통스러웠다.

"나는 믿음이 깊지 못합니다." 노인이 말했다. "하지만 이놈을 잡게 된다면 주기도문과 성모송을 열 번이라도 외지요. 이놈을 잡고 나면 자선의 성모님을 알현하러 가겠다고 약속드립니다."

그러고 나서 노인은 기도문을 기계적으로 외우기 시작했다. 너무 고단한 나머지 기도문이 기억나지 않을 때도 있었지만 그 부분을 대충 빠르게 읊다 보면 다음 구절이 저절로 나와주었다. 성모송이 주기도문보다 쉽군. 노인은 생각했다.

"은총 가득하신 마리아여, 기뻐하소서. 주께서 함께 하시니 여인 중에 복되시며, 태중의 아들 예수님 또한 복되시도다. 천주의 성모 마리아여, 이제 오시어 저희 죽을 때에 저희 죄인을 위하여 빌어주소서. 아멘."

그런 뒤 노인은 이렇게 덧붙였다.

"축복 가득한 마리아여, 이 물고기의 죽음을 놓고 기도해주옵길 빕니다. 어찌 됐건 대단한 놈이오니."

기도문을 외고 나니 기분은 한결 나아졌으나 고통은 여전했다. 아니, 좀 더 심해진 것 같아 노인은 뱃머리 널판에 몸을 기댄 채 기계적으로 왼손가락을 놀리기 시작했다.

산들바람이 가볍게 일고 있었으나 햇볕은 뜨거웠다.

"고물 쪽으로 드리운 짧은 줄에 미끼를 갈아주는 게 좋겠군." 노인이 말했다.

"저 물고기가 하룻밤을 더 버틸 작정이라면 나도 뭘 좀 더 먹어둬야 해. 병에 물도 얼마 안 남았어. 여기서는 만새기 외에는 아무것도 잡히지 않을 모양이야. 하긴, 만새기도 싱싱할 때 먹으면 나쁘지 않지. 오늘 밤에는 날치가 배 안으로 뛰어들어주면 좋을 텐데……. 그런데 날치를 유인할 불빛이 없질 않나. 날치는 날로 먹어도 맛이 기가 막힌 데다 살을 잘라 먹을 필요도 없지. 이제는 가급적 힘을 비축해둬야 해. 오, 신이여, 저리도 큰 놈일 줄은 몰랐습니다."

노인이 다시 말했다.

"그래도 나는 놈을 죽이고 말겠습니다. 저 물고기의 위대함과 명예를 걸고 맹세합니다."

정의로운 일은 아니지. 노인은 생각했다. 하지만 인간이 무엇을 할 수 있고, 무엇을 인내할 수 있는지 저 물고기에게 보여주고 말겠어.

"그 아이에게 내가 별난 노인이라고 했더랬지." 노인이 말했다. "지금이 그 말을 입증할 때야."

여태껏 정말 숱하게 증명해 보였지만 아무 효력이 없던 것을 노인은 이제 다시 입증해볼 참이었다. 할 때마다 새로운 시도였고 그럴 때 노인은 과거 따윈 생각하지 않았다.

물고기가 잠을 좀 자면 나도 잠을 청해 사자 꿈이나 꾸면 좋겠는데 말이야. 노인이 생각했다. 이 와중에 왜 사자가 뇌리에 크게 남는 겐가? 이보게 늙은이, 생각하지 말게. 노인이 스스로 말을 걸었다. 지금은 널판에 기대 쉬면서 아무 생각도 하지 말게. 저 물고기는 무언가 하고 있어. 자네 역시 작은 일이라도 뭔가 해야 하지 않겠나?

시간은 오후로 접어들고 조각배는 여전히 천천히, 꾸준히 움직여가고 있었다. 미풍이 동쪽에서 불어 물고기가 줄을 당기는 힘이 줄었고, 배가 낮은 파도에 가볍게 흔들리면서 노인은 등에 붙인 밧줄에서 전해지는 통증을 그나마 견디기 수월해진 걸 느꼈다.

오후로 접어들자 낚싯줄이 다시 올라오기 시작했다. 그러나 물고기는 조금 더 올라온 상태로 계속 헤엄치고 있을 뿐이었다. 햇볕이 노인의 왼팔이며 어깨와 등에 내리쪼였다. 그 덕에 노인은 물고기가 동북쪽으로 방향을 돌렸다는 사실을 알았다.

물고기를 한 번 보았기에 노인은 물고기가 보랏빛 가슴지느러미를 날개처럼 펼치고 커다란 꼬리를 꼿꼿이 세워 어둠을 가르며 헤엄치는 모습을 떠올릴 수 있었다.

저 깊이에서 어느 정도나 볼 수 있는지 궁금하군. 노인은 생각했다. 저 물고기 눈이 저리 커도, 그보다 턱도 안 되게 눈이 작은 말이 어두운 곳에서 더 잘 보거든. 나도 예전에는 어둠 속에서도 꽤 잘 봤어. 물론, 아주 캄캄하면 안 보였지만 고양이가 보는 정도는 가능했지.

해도 높이 떴고, 손가락도 꾸준히 움직여준 덕분에 왼손에 났던 쥐가 이제는 완전히 풀렸다. 노인은 왼손으로 힘을 좀 더 옮겨 실으며 줄 때문에 아픈 부위도 좀 바꿔볼 요량으로 등 근육을 움찔거렸다.

"물고기야, 혹시 아직 지치지 않았다면 말이다." 노인이 크게 소리 내 말했다. "넌 참으로 별난 놈인 게다."

노인은 이제 몹시 지친 데다 곧 밤이 오리라는 걸 알았기에 다른 생각을 해보려 애썼다. 노인이 메이저리그를 떠올렸다. 노인에게는 메이저리그가 '그란 리가스(Gran Ligas)'*였고, 노인은 뉴욕 양키스 팀과 디트로이트 타이거스 팀이 시합을 벌이고 있다는 걸 알고 있었다.

---

* '메이저리그'에 해당하는 스페인어

후에고(Juegos)* 결과를 모른 채 이틀이 지났군. 노인은 생각했다. 나는 자신감을 가져야만 해. 발뒤꿈치 가시 뼈**가 몹시 아플 텐데도 모든 걸 완벽하게 해내는 위대한 디마지오처럼 나도 훌륭해져야 한단 말이지. 발뒤꿈치 가시 뼈라는 게 뭘까? 노인은 자문해보았다. 운 에스푸엘라 데 후에소(Un Espuela de Hueso)***같은 걸까? 우리 어부들은 그런 거 없는데 말이야. 혹시 싸움닭의 쇠 발톱이 발뒤꿈치에 박히는 것만큼 아플까? 나라면 참아내지 못할 거야. 싸움닭처럼 한쪽 눈, 아니, 두 눈 다 잃고도 계속 싸우는 짓도 못 할 거야. 인간은 저 위대한 새나 짐승에 갖다 댈 게 못 돼. 그러니 나도 저 아래 어두컴컴한 바닷속 물고기가 되는 편이 낫다 할밖에…….

"상어만 나타나지 않기를!" 노인이 큰 소리로 말했다. "혹시라도 상어가 나타난다면, 신이여, 저 물고기와 저를 굽어살펴주소서."

혹시 위대한 디마지오는 이 물고기를 상대로 내가 버

---

* '시합', '경기'를 뜻하는 스페인어

** 현대에서는 '족저근막염' 정도에 해당됨

*** 발뒤꿈치 염증을 뜻하는 스페인어

텨내는 만큼 오래 버틸 수 있을까? 노인은 생각했다. 그는 젊고 강하니까 그러고도 남을 테지. 게다가 그 아버지가 어부였다잖아. 그런데 그이도 가시 뼈 때문에 심하게 애를 먹을까?

"나야 알 수 없지." 노인이 소리 내어 말했다. "난 발뒤꿈치에 가시 뼈가 생긴 적이 없질 않나."

해가 떨어질 무렵, 노인은 좀 더 자신감을 얻어볼 요량으로 카사블랑카의 한 술집에서 덩치 크고 부두에서 제일 힘세다는 시엔푸에고스 출신 검둥이와 팔씨름하던 때를 떠올렸다. 둘은 탁자 위에다 분필로 표시한 줄에 팔꿈치를 대고 팔뚝을 꼿꼿이 세워 서로의 손을 움켜쥔 채 하룻낮 하고도 하룻밤을 보냈다. 서로 상대의 손을 밀어 탁자에 닿게 하려 용을 썼다. 내기 돈이 쌓였고 등유 램프 불빛 아래로 구경꾼들이 들락날락했다. 노인은 검둥이의 팔과 손, 얼굴을 주시하고 있었다. 여덟 시간이 지나고 심판을 봐주는 이도 눈을 좀 붙여야 해서 네 시간마다 심판을 교대했다. 노인도 검둥이도 손톱 밑에서 피가 불거져 나왔다. 두 사람이 눈을 뚫을 듯이 마주 보다가 또 서로의 손과 팔뚝을 주시하는 동안 내기 돈을 건 사람들은 방을 들락날락하거나 벽에 기댄 높은 의자에 앉아 승부를 지켜보았다. 밝은 파란색 페인트가 칠해진 사방 나무 벽 위로 램프 불빛이 그런 이들의 그림자를 만들고 있었다. 검둥이의 그림자는 그야말로 거대했고, 미풍이 불어 램프 불꽃이 흔들릴 때마다 그의 그림자가 벽 위에서 흔들거렸다.

밤새도록 엎치락뒤치락 승부가 나지 않자 사람들은 검둥이에게 럼주를 먹이고 담배를 물리고 불을 붙여주었다. 럼주를 마신 검둥이가 가공할 힘을 쓰는가 싶더니 한번은 노인—그때는 노인이 아니라 엘 캄페온(El Campaon)* 산티아고였던—의 손을 팔 센티미터가량 기울였다. 하지만 노인이 팔을 일으켜 세우면서 승부는 다시 팽팽해졌다. 그때 노인은 덩치 크고 실력도 좋은 운동선수인 그 검둥이를 이길 수 있다고 확신했다. 그러다 새벽녘이 되어 내기 돈을 건 사람들이 무승부로 하자고 요청하고 심판이 고개를 흔드는 순간, 노인이 마지막 힘을 발휘해 검둥이의 손을 아래로, 아래로 밀

* '챔피온'에 해당하는 스페인어

어붙여 결국 나무 탁자에 닿게 했다. 시합은 일요일 아침에 시작해 월요일 아침에야 끝났다. 내기 돈을 건 사람들 상당수가 무승부를 요청했던 이유는 부두에 나가 배에 설탕 부대를 싣거나 아바나 석탄 회사로 노역을 나가야 했기 때문이었다. 그렇지 않았다면 모두 승부의 끝을 보고 싶어 했을 터이다. 노인이 그 끝을, 그것도 사람들이 일하러 가기 전에 이루어낸 셈이었다.

그 뒤로 오래도록 모두가 노인을 '챔피언'이라 불렀는데 그 복수전이 봄에 있었다. 이번에 사람들은 돈을 얼마 걸지 않았고, 노인은 앞선 시합에서 이 시엔푸에고스 출신 검둥이의 자신감을 꺾어놓은 터라 쉽게 이길 수 있었다. 그러고서 몇 차례 더 시합에 나선 이후로 노인은 더 시합을 하지 않았다. 자신이 이기고자 간절히 원하면 누구든 이길 수 있다는 확신도 들었고, 고기잡이해야 하는 오른손에 팔씨름이 해롭다는 판단에서였다. 노인은 왼손으로 연습 게임에 몇 번 임해보았다. 그런데 왼손은 언제나 노인을 배신하고 시키는 대로 움직여주지 않았기에 노인은 왼손에 대한 믿음을 버렸다.

햇볕이 이 손을 따뜻하게 풀어주겠지. 노인은 생각했

다. 밤에 너무 추워져 손에 다시 쥐가 오르면 안 될 텐데 걱정이군. 이 밤에 또 무슨 일이 일어날지 궁금하네그려.

마이애미로 향하는 비행기 한 대가 머리 위를 지나면서 그 그림자에 놀라 한 무리의 날치가 뛰어오르는 게 보였다.

"날치가 저리 많은 걸 보니 틀림없이 만새기가 있을 거야."

노인은 그리 말하고 줄 쪽으로 몸을 젖혀보았다. 물고기를 조금이라도 더 끌어올 수 있을까 싶어서였다. 그러나 몸을 기울일 수가 없었고, 금방이라도 끊어질 듯 팽팽한 줄에서 물방울이 바들바들 떨렸다. 배가 계속해서 천천히 앞으로 나아가는 동안, 노인은 비행기를 더 이상 보이지 않을 때까지 지켜보았다.

비행기에 타고 있으면 기분이 참 이상할 거야. 노인은 생각했다. 저 높이에서는 바다가 어떻게 보일까? 너무 높이 날지만 않는다면 저 물고기가 꽤 잘 보이겠지. 한 이백 패덤*쯤 되는 높이에서 물고기를 내려다보고

* 약 350미터

싶군. 거북잡이 배를 탔을 때 돛대 꼭대기 가로대에 올라가본 적이 있는데 그만한 높이에서도 꽤 많이 보였지. 거기서는 만새기가 더 짙은 초록빛이었고, 줄무늬며 보랏빛 반점도 보이고 온갖 물고기 떼가 헤엄치는 게 다 보이지. 어두운 조류에서 보면 몸이 날랜 고기들은 어째서 하나같이 등이 보랏빛이고, 대부분 보라색 줄무늬며 반점이 있는 걸까? 물론, 만새기는 녹색이지만 원래 금색이라 그리 뵈는 것뿐이야. 배가 고파 먹이를 쫓을 때는 청새치처럼 옆구리에 보랏빛 줄무늬가 생기거든. 그런 게 나오는 건 만새기가 화가 나서일까, 아니면 헤엄치는 속도가 빨라져서일까?

날이 어두워지기 직전, 배가 커다란 섬처럼 떠 있는 모자반 해초 옆을 지나가노라니 잔잔한 파도에 해초가 흔들흔들 일렁대는 모양새가 마치 바다가 누런 담요 아래서 무언가와 사랑을 나누는 듯했다. 그때, 짧은 낚싯줄에 만새기 한 마리가 걸려들었다. 공중으로 솟구쳐 오르며 노인의 눈에 처음 들어온 물고기는 저무는 햇살 속에서 황금빛을 발하며 허공에서 몸을 구부리고 뒤틀며 마구 퍼덕였다. 만새기는 겁에 질린 나머지 곡예라도 하듯 연거푸 뛰어올랐다. 노인은 고물 쪽으로 되돌아가 쪼그려 앉고는 오른손과 팔로 큰 줄을 잡고 왼발로 고기가 걸린 쪽 줄을 밟아가며 왼손으로 만새기를 끌어당겼다. 고기가 이리저리 필사적으로 펄떡이고 요동치며 뱃고물로 다가들자 노인은 고물 너머로 몸을 내밀어 보랏빛 반점이 박힌 채 반짝이는 황금색 물고기를 배로 끌어 올렸다. 고기가 낚싯바늘에 대고 잰 입질을 해대는 통에 그 턱이 발작적으로 움직였다. 만새기는 길고 넓적한 몸뚱이며 꼬리와 대가리로 배 바닥을 두들겨대다가 노인이 그 황금빛 대가리를 몽둥이로 내려치자 부르르 몸을 떨더니 이내 조용해졌다.

노인은 만새기에서 낚싯바늘을 빼고 그 줄에 또 다른 정어리로 미끼를 달아 뱃전 너머로 던졌다. 노인은 천천히, 다시 뱃머리 쪽으로 몸을 움직였다. 노인은 왼손을 바닷물에 씻은 뒤 바지에 문질러 닦았다. 그리고는 무거운 낚싯줄을 오른손에서 왼손으로 옮겨 잡고 오른손을 물속에 넣고 씻으면서 바닷속으로 가라앉는 해와 비스듬히 누운 굵은 낚싯줄을 바라보았다.

"저놈은 조금도 바뀐 게 없군." 노인이 말했다. 그러나 손에 닿는 물살의 움직임으로 보아 물고기가 확실히 느려졌다는 걸 눈치챘다.

"뱃고물에다 걸쳐서 노 두 개를 같이 붙잡아 매둬야겠어. 그러면 밤사이 저놈의 속도를 늦춰줄 게야." 노인이 말했다. "저 녀석은 오늘 밤도 기운찰 테고, 나도 마찬가지야."

만새기 살에 피를 좀 남기려면 내장은 조금 더 있다가 빼는 게 좋겠군. 노인은 생각했다. 그 일을 조금 미뤘다가 저놈의 속도를 늦추도록 노를 붙잡아 맬 때 같이 하면 돼. 지금은 저 물고기를 가만히 내버려두는 게 낫겠어. 해 질 녘이니 너무 성가시게 안 하는 게 좋아. 해 질 무렵은 어떤 물고기든 고역스러운 시간이거든.

노인은 손을 바람에 쐬어 말린 뒤 다시 줄을 그러쥐고는 할 수 있는 한 힘을 풀어 널판에 몸을 앞으로 기대며 끌려가는 대로 내맡겼다. 내준 힘만큼을, 아니 그 이상의 저항을 배에 떠맡길 심산이었다.

나는 이 상황을 어찌할지 방도를 알아가고 있어. 노인은 생각했다. 적어도 이 부분만큼은 그래. 다음은 이것도 기억해두는 게 좋겠어. 저 녀석은 미끼를 문 뒤로 아무것도 먹지 못했는데, 덩치가 저리 크니 먹이가 아주 많이 필요할 거야. 나야 다랑어를 통째로 먹지 않았나. 내일은 만새기를 먹을 참이야. 노인은 만새기를 '도라도(Dorado)'*라고 불렀다. 노인은 연이어 생각했다. 만새기 내장을 빼낼 때 살을 조금 먹어둬야겠어. 아무래도 다랑어보다는 먹는 게 고역스럽겠지. 하지만 세상에 쉬운 일이 어디 있던가?

"물고기야, 기분은 좀 어떠냐?" 노인이 큰 소리로 물었다. "나는 아주 좋구나. 왼손도 좋아진 데다 내게는 오늘 밤하고 내일 하루 동안 먹을 양식도 있거든. 물고기야, 너는 배나 끌어라."

노인은 사실, 그다지 기분이 좋지가 못했다. 낚싯줄을 버티고 있는 등이 이젠 아픈 수준을 넘어 믿기 힘들 정도로 무감각해진 상태였기 때문이다. 하지만 난 이보다 더 힘든 일도 숱하게 겪지 않았나. 노인은 생각했다. 이쪽 손은 살짝 벤 정도고 다른 손의 쥐도 풀렸어. 두 다리도 이리 멀쩡해. 게다가 식량 문제라면 내가 저 물고기

* '만새기'에 해당하는 스페인어

보다 유리하지 않나.

구월이면 해 떨어지기 무섭게 어두워지기 마련이라 벌써 바다는 칠흑같이 캄캄했다. 노인은 뱃머리 쪽 닳은 널판에 몸을 뉘이고 가능한 한 쉬었다. 첫 별들이 나타났다. 리겔(Rigel)*이란 이름은 몰라도 그 별을 따라 다른 별들도 나올 터라 노인은 곧 저 먼 곳의 친구들을 만나리라는 걸 알고 있었다.

"이 물고기도 내 친구란다." 노인이 큰 소리로 말했다. "이런 물고기는 이제껏 본 적도, 들은 적도 없었단다. 하지만 난 이 녀석을 죽여야 하는구나."

"우리 인간이 저 별들을 죽이려들 필요가 없다는 게 얼마나 다행인지 모르겠군."

사람이 날마다 달을 죽여야 한다고 상상해봐. 노인은 생각했다. 달은 멀리 달아나겠지. 그런데 사람이 날마다 해를 죽여야 한다면 또 어찌 되겠어? 우리는 참 운 좋게 태어난 셈이야. 노인은 생각했다.

문득, 노인은 아무것도 먹지 못하고 있는 저 거대한

---

* 오리온자리에서 두 번째로 밝은 별

물고기가 가여워졌다. 하지만 가여울지언정 죽이겠다는 결심은 조금도 잦아들지 않았다. 저 물고기로 몇 사람이 배를 채울 수 있을까? 노인은 생각했다. 가만, 그들은 저 고기를 먹을 자격이 있나? 없지. 암, 없고말고. 저 행동거지 하며 당당한 위엄을 생각하면 저 물고기를 먹을 자격이 있는 사람일랑 없어.

내 머리로 이런 것들을 이해할 수는 없어. 노인은 생각했다. 그나마 우리가 해나 달이나 별을 죽이려들 필요가 없다는 건 얼마나 다행한 일인가. 이렇게 바다에서 살아가면서 우리의 진정한 형제들을 죽이는 것만으로도 충분하질 않나.

이제는 저항력에 대해 생각해야만 해. 저항력에는 위험도 따르지만 이점도 있어. 저 녀석이 용을 쓰는데 붙들어 맨 노에서 저항력이 발동하면 가뿐하던 배가 무거워질 것이고, 그러면 줄을 한참 풀어줘야 해서 녀석을 놓칠지도 몰라. 배가 가벼우면 양쪽 다 이 고통이 연장되겠지. 그래도 내 쪽이 유리해. 저놈이 전에 없이 엄청난 속력을 내고 있지 않나. 어떤 일이 닥치건, 일단 만새기가 상하지 않게 내장부터 빼고, 기운을 쓰게 그 살을 좀 먹어둬야 해. 이제부터 한 시간가량 쉬었다가 그때도 놈이 끄떡없어 보이면 고물 쪽으로 가보고 상황을 살펴본 뒤 결정하자고. 그러는 동안 저놈이 무슨 짓을 할지, 어떤 변화를 보일지 알 수 있을 게야. 노를 붙들어 맨 건 좋은 계책이었어. 하지만 이제는 안전에 신경 써야 할 때가 됐어. 역시 저놈은 보통 물고기가 아니야. 주둥이 옆으로 낚싯바늘이 꽂힌 걸 내가 분명히 봤는데도 그 주둥이를 앙다물고 있질 않나. 하긴, 낚싯바늘쯤이야 무에 대수겠나. 배고픔, 그리고 자신이 알지 못하는 무언가와 싸우고 있다는 게 전부인 게지. 이봐, 늙은이, 자넨 이제 좀 쉬게나. 자네가 나설 차례가 올 때까지 저놈이 애쓰도록 그냥 두게.

노인은 짐작건대 두 시간은 족히 휴식을 취했다. 늦도록 달이 뜨지 않아 시간을 짐작할 방도는 없었다. '비교적' 쉬었다 할 정도지, 제대로 쉰 것도 아니었다. 고기가 당기는 힘을 여전히 양어깨로 버텨내며 노인은 왼손을 이물 쪽 뱃전에 대고 고기를 상대하는 저항력을 배로 옮겨보려 했다.

이 줄을 어디에 잡아맬 수만 있다면 얼마나 쉬울까?

노인은 생각했다. 하지만 줄을 잡아맸다간 저놈이 조금만 힘을 써도 줄은 끊어지고 말 거야. 저놈이 당기는 줄을 내 몸으로 받쳐줘야만 해. 그러면서 언제든 양손으로 줄을 내줄 준비를 하고 있어야만 한다 이 말씀이야.

"하지만 늙은이, 자네는 여태 잠 한숨 못 자지 않았나?" 노인이 소리 내 말했다.

"반나절하고 하룻밤이 지났고 또 하루가 지날 동안 자넨 잠을 못 잤어. 물고기가 얌전하게 가던 대로만 가준다면 잠깐이라도 눈 붙일 방도를 마련하는 게 좋아. 잠을 못 자면 정신이 몽롱해질 테니 조심해야 해."

내 정신은 아주 또렷해. 노인은 생각했다. 지나치게 또렷할 정도지. 나와 형제지간인 저 별들처럼 또렷해. 그래도 잠은 자야겠지. 저 별들도 잠을 자고, 달도 해도 잠을 자고, 심지어는 바다도 조류가 없는 조용한 날이면 이따금 잠을 자지 않나.

그러니 잠을 자야 한다는 걸 잊어서는 안 돼. 노인은 생각했다. 억지로라도 눈을 붙이고, 낚싯줄을 어떻게 할지, 좀 더 수월하고 확실한 방도를 생각해보라고. 지금은 가서 만새기를 손질할 때야. 그런데 잠을 자려면, 저항력을 준답시고 저리 노를 매달아두는 건 위험천만한 일이야. 나는 안 자고도 버틸 수 있어. 노인이 다짐하듯 말했다. 하지만 잠을 안 자는 건 너무 위험해.

노인은 물고기에게 갑작스러운 충격이라도 갈세라 양손과 무릎으로 기어 고물 쪽으로 돌아갔다. 저놈이야 말로 졸고 있는지도 모르겠군. 노인은 생각했다. 내가 네놈을 자게 놔둘 성싶으냐? 네놈은 죽을 때까지 이 배를 끌고 가야 해.

고물 쪽으로 되돌아온 노인은 몸을 돌려 왼손으로 어깨에 걸머진 팽팽한 줄을 잡고는 오른손으로 칼집에서 칼을 뽑아 들었다. 마침 별빛이 밝아 만새기가 또렷이 잘 보였다. 노인은 칼을 그 대가리에 찔러 넣어 만새기를 고물 밑에서 끌어냈다. 한쪽 발로 고기를 누르고 꽁무니에서 아래턱까지 단칼에 배를 갈랐다. 그러고 칼을 내려놓고는 오른손으로 내장을 빼내고 속을 깨끗이 긁어낸 뒤 아가미도 뜯어냈다. 손에 닿는 만새기 밥통의 느낌이 묵직하고 미끈거려 칼로 속을 갈랐다. 그 속에 날치 두 마리가 들어 있었는데 아직 싱싱하니 살이 탱탱했다. 노인은 날치를 옆으로 나란히 치워두고 만새기 내장과 아가미를 고물 너머로 던졌다. 그러자 그것들이 번뜩 빛을 발하더니 길게 꼬리를 남기면서 물속으로 가라앉았다. 차가운 만새기 몸통이 별빛 아래 문둥병 환자처럼 희끄무레해 보였다. 노인은 오른발로 그 대가리를 누르고 한쪽 껍질을 벗겨냈다. 그러고 고기를 뒤집어 다른 쪽 껍질을 벗긴 뒤 대가리부터 꽁지까지 양쪽 살을 발랐다.

노인은 고기 잔해를 뱃전 너머로 미끄러뜨린 뒤 혹시 물속에서 소용돌이 같은 게 이는지 살폈다. 그러나 잔해가 가라앉으며 발하는 희미한 빛만 보였다. 노인은 몸을 돌려 저며낸 만새기 살점 두 쪽 사이에 날치 두 마리를 끼우고 칼을 칼집에 꽂은 뒤 천천히 뱃머리 쪽으로 돌아갔다. 어깨에 걸머지고 있는 낚싯줄의 무게 때문에 노인의 등은 구부정했고 그 오른손에는 물고기가 들려 있었다.

뱃머리로 돌아온 노인은 만새기 살점 두 쪽을 날치 두 마리와 나란히 널판 위에 놓았다. 그러고는 어깨에 걸머진 낚싯줄의 위치를 바꾸고 뱃전 턱을 짚고 있던 왼손으로 그 줄을 잡았다. 그러고는 뱃전 너머로 몸을 내밀고 날치를 바닷물에 씻으면서 손으로 물살의 속도를 감지해보았다. 물고기 비늘을 벗긴 탓에 인광이 묻어났고 노인은 그런 손에 와닿는 물의 흐름을 지켜보았다. 물살은 그다지 세지 않아 노인이 배 겉판에 손날을 문지르자 인광 입자들이 부서져 내리면서 선미(船尾) 쪽으로 천천히 떠내려갔다.

"저놈도 지쳤거나 쉬고 있을 게야." 노인이 말했다. "나도 이젠 이 만새기를 마저 먹고 쉬면서 잠시 눈을 붙여야겠군."

별빛 아래, 점점 추워지는 밤 추위 속에서 노인은 만새기 살점 한 쪽 절반과 내장을 제거하고 대가리를 잘라낸 날치 한 마리를 먹었다.

"만새기는 익혀 먹으면 그 맛이 기가 막힌데 말이지." 노인이 말했다. "그런데 날로 먹으면 왜 이리 맛이 형편없는지, 원. 다음에는 배를 탈 때 소금이나 라임을 절대 잊으면 안 되겠어."

머리를 좀 써서 뱃머리에다 바닷물을 좀 뿌려놓고 낮 동안 내내 말렸다면 소금을 얻을 수 있었을 텐데 아쉽군. 노인은 생각했다. 하긴, 만새기를 낚은 게 거의 해 질 무렵이 되어서였지. 그래도 역시 준비가 부족했어. 다행히 꼭꼭 씹어 먹으니 역겨울 정도까지는 아니군그래.

동쪽 하늘에 구름이 잔뜩 덮이는가 싶더니 노인이 알고 있던 별이 하나둘 사라졌다. 바야흐로, 배가 거대한 구름 계곡으로 빨려 들어가는 것 같더니 어느 순간 바람도 멎었다.

"사나흘 지나면 날씨가 나빠지겠군." 노인이 말했다. "오늘 밤이나 내일은 괜찮을 거야. 늙은이, 자넨 잠잘 채비나 하시지. 물고기는 얌전하게 가던 길 잘 가고 있으니 말일세."

노인은 오른손으로 줄을 단단히 잡고 허벅다리로 그 손을 깔아 누르듯 지지하면서 몸을 뱃머리 널판에 뉘었다. 낚싯줄은 어깨에서 조금 아래로 내려 왼손으로 한 번 더 받쳐 잡았다. 이렇게 받쳐 잡고 있으면 오른손이 줄을 놓치지 않을 수 있어. 노인은 생각했다. 혹시 잠결에 오른손에 힘이 빠지더라도 줄이 풀려나가면서 왼손이 날 깨워줄 거야. 오른손이야 수고스럽겠지. 그래도 이 친구는 벌 받는 데 익숙하지 않나. 내가 이삼십 분 정도 잠을 청하는 동안 오른손은 참아줄 게야. 노인은 최대한 웅크려 낚싯줄에 기대고 온몸으로 오른손을 깔아 누른 자세로 잠이 들었다.

노인은 사자 꿈을 꾸는 대신 십오, 십육 킬로미터 정도까지 퍼져 헤엄치는 한 떼거리의 돌고래를 보았다. 마침 번식기를 맞은 돌고래들은 공중으로 높이 뛰어올랐다가 그렇게 뛰어오르면서 생긴 구멍으로 다시 떨어지기를 반복했다.

그러다 노인은 마을로 돌아가 자기 침대에서 잠자는 꿈을 꾸었다. 북풍이 불어 몹시 추운 데다 베개 대신 오른팔을 베고 자느라 오른팔이 저렸다.

뒤이어 길게 뻗은 금빛 해변이 꿈에 보이기 시작했는데 땅거미 속에서 첫 사자 무리가 해변으로 내려오더니 곧 또 다른 사자들이 따라왔다. 배는 뭍에서 불어 드는 저녁 미풍 속에 정박해 있었고 노인은 뱃머리 널판에 턱을 괸 채 더 많은 사자가 나타나기를 기다리며 흡족한 표정을 짓고 있었다.

달이 뜨고 한참이 지났지만, 노인은 계속 잠을 잤다. 물고기는 한결같이 줄을 끌며 헤엄치고, 배는 구름 터널 속으로 들어가고 있었다.

그러다 불현듯 오른 주먹이 얼굴을 치받는가 싶더니 오른손이 타 들어가는 듯 줄이 다급히 풀리는 바람에 노인은 잠에서 깼다. 왼손에는 아무 감각도 없었다. 노인은 안간힘을 써서 오른손으로 줄을 멈춰보려 했지만, 줄은 급박하게 풀려나갔다. 드디어 왼손이 줄을 찾아 그걸 쥐고 등을 줄에 기댔는데 이번에는 등이며 왼손이 타 들어가는 것 같았다. 그 모든 저항을 받은 왼손이 그만 심하게 베고 말았다. 낚싯줄 타래가 있는 쪽을 돌아보니 줄이 줄줄 풀려나가고 있었다. 그 순간, 요란하게 바닷물을 가르며 물고기가 바다 위로 뛰어올랐다가 육중한 무게로 떨어졌다. 그 뒤로 고기는 뛰어오르고 또 뛰어오르기를 거듭했고 줄이 여전히 급박하게 풀려나가는 속에서 배는 빠른 속도로 움직여갔다. 노인은 줄이 끊어지려는 지점까지 힘을 더 주었다가 또다시 줄이 끊어지려는 지점까지 힘주기를 반복했다. 그러다 이물 쪽으로 바짝 끌려갔고 거기 올려놓은 만새기 살점에 얼굴을 처박는 바람에 노인은 꼼짝할 수가 없었다.

우리가 같이 기다려 왔던 순간이 온 게야. 노인은 생각했다. 그러니 이젠 순순히 받아들이자고, 이 친구야.

저놈에게 낚싯줄을 버린 값을 치르게 하고 말겠어. 노인은 생각했다. 필히 그 값을 치르게 하고말고.

노인은 물고기가 솟구쳐 오르는 것을 볼 수 없었다. 바닷물 부서지는 소리와 고기가 떨어지며 요란하게 물 튀기는 소리만 들려왔다. 낚싯줄이 풀려나가는 속도 때문에 양손을 심하게 베였지만 노인은 이런 일이 일어날 줄 알고 있었기에 줄에 손바닥이 패이거나 손가락까지 베지 않게 되도록 굳은살이 박인 부위로 줄이 쓸리게 했다.

그 아이가 곁에 있었다면 낚싯줄 타래에 물을 적셔주었을 테지. 노인은 생각했다. 그래, 그 아이가 같이 있다면, 정말이지 그 아이가 같이 있다면 얼마나 좋을까?

낚싯줄은 여전히 풀리고, 풀리고, 또 풀려나갔는데 그나마 속도가 조금씩 줄어들었고 이제 노인은 고기에게 한 치의 줄도 쉽게 내주지 않을 작정이었다. 노인은 뱃머리 널판에서 머리를 들어 한쪽 뺨으로 뭉개고 있던 만새기 살점에서 벗어났다. 일단 무릎으로 먼저 앉았다가 천천히 발을 딛고 일어섰다. 낚싯줄을 조금씩 내어주긴 했지만 점차 속도를 늦추어갔다. 노인은 눈으로는 못 봐도 발에 낚싯줄 타래가 더듬어지는 곳으로 되짚어 갔다. 아직 낚싯줄은 충분히 여유가 있었고, 물고기는 이제 새로이 물속으로 풀려나간 줄의 그 모든 마찰력까지 감내하며 배를 당겨야 했다.

잘된 거야. 노인은 생각했다. 열 번도 넘게 뛰어올랐으니 저놈 등짝에 붙은 부레에 공기가 가득 찼겠지. 그러면 나중에 끌어 올리지도 못할 정도로 깊이 내려가 죽어 뒈질 염려는 없겠군. 저놈이 이제 원을 그리고 돌면 그때는 손을 써야 해. 그런데 저놈이 왜 그리 갑자기 뛰어올랐을까? 허기가 진 나머지 절박해졌나? 아니면 어둠 속에서 뭘 보고 놀랐나? 갑자기 겁에 질렸는지도 모르지. 하지만 저놈은 몹시도 침착하고 기운 넘치는 물고기가 아니던가? 그리도 겁 없고 자신만만해 보이더니, 이상한 일이군.

"이봐, 늙은이. 자네나 겁먹지 말고 자신감을 얻는 게 좋겠어." 노인이 말했다. "저놈을 다시 붙들긴 했지만, 줄을 당기지는 못하잖나. 저놈이 이제 곧 선회할 텐데, 난감한 일이군."

노인은 다시 왼손과 양어깨로 고기에 맞서 버티면서

허리를 굽혀 오른손에 바닷물을 떠서 얼굴에 짓이겨진 만새기 살점을 씻어 냈다. 살점 때문에 비위가 상해 토악질이라도 나면 기운을 잃을까 싶어서였다. 노인은 얼굴을 씻고는 뱃전 너머로 오른손을 내밀어 짠 바닷물 속에 손을 담근 채 해 뜨기 전 여명이 깔리는 모습을 바라보았다.

저놈이 동쪽으로 가고 있군. 노인은 생각했다. 그렇다면 지쳐서 조류를 따라 흘러가고 있다는 의미야. 곧 선회하지 않곤 못 배기겠지. 그때부터 우리 사이에 진정한 싸움이 시작되는 거야.

오른손을 물속에 충분히 오래 담갔다는 판단이 서자 노인은 오른손을 들어 살펴보았다.

"심하진 않군." 노인이 말했다. "사나이에게 고통 따위가 무슨 대수던가."

노인은 혹시라도 새로 난 상처를 줄이 파고들지 않게 조심하면서 반대편 뱃전 너머로 이번에는 왼손을 바닷물에 담글 수 있게 체중을 옮겨 실었다.

"쓸모없는 것 때문에 네가 그리 형편없이 군 건 아니었군." 노인이 왼손에다 대고 말했다. "하지만 정작 네가 쓸모없는 순간이 있었다는 건 어쩔 텐가?"

왜 나는 두 손 모두 쓸 만하게 갖고 태어나지 못했을까? 노인은 생각했다. 왼손을 제대로 훈련하지 못한 것은 내 잘못이겠지. 하지만 이 왼손 친구도 배울 기회가 많았다는 건 신이 아실 게야. 그나마 간밤에는 그리 형편없지 않았어. 쥐도 한 번밖에 안 올랐잖나. 하지만 또다시 쥐가 난다면 줄에 잘리든 말든 그냥 둘 테다.

여기까지 생각이 미치자 노인은 아무래도 머릿속이 맑지 않다는 걸 깨닫고 만새기를 몇 입 더 먹어야 한다는 생각이 들었다. 하지만 도저히 못 먹겠는데 어쩌지. 노인이 중얼거렸다. 구역질하다 기운을 잃는 것보다는 몽롱한 상태로 있는 게 차라리 나아. 더구나 내 얼굴을 거기다 처박고 있었으니 용케 먹었다손 쳐도 뱃속에 얌전히 넣고 있지 못할 거야. 만새기는 상하기 전까지 비상용으로 둬야겠어. 하지만 이젠 영양분을 먹어서 기운을 쓰기엔 너무 늦었어. 넌 정말 왜 이리도 멍청한 겐가? 노인이 자신에게 말했다. 대신 날치를 먹으면 될 일 아닌가.

깨끗이 손질된 날치는 먹힐 준비가 되어 있었다. 노

인은 왼손으로 고기를 집어 올리고는 뼈째 꼭꼭 씹어 꼬리까지 전부 먹어치웠다.

날치는 그 어떤 물고기보다도 영양분이 많지. 노인은 생각했다. 적어도 지금 내게 필요한 힘을 얻을 정도는 될 거야. 이제 내가 할 수 있는 일은 다 했어. 노인은 연이어 생각했다. 저놈을 선회하게 해서 슬슬 싸움을 시작해볼까나.

노인이 바다에 나온 뒤로 세 번째 해가 떠오르는 차에 드디어 물고기가 빙빙 원을 돌기 시작했다.

낚싯줄이 기울어진 정도로 봐서는 물고기가 선회하고 있는지 어떤지 알 수 없었다. 그러기에는 너무 일렀다. 노인은 줄로 전해지는 힘이 어렴풋이 약해진 걸 느끼고 오른손으로 가만히 줄을 당겨보았다. 줄은 변함없이 팽팽했다. 그러나 끊어질 듯한 지점까지 힘을 주자 줄이 당겨오는 게 느껴졌다. 노인은 어깨와 머리를 줄 밑으로 빼내고는 일정한 속도로 조심스럽게 줄을 당기기 시작했다. 양손을 그네처럼 흔들며 몸과 두 다리를 동원해 안간힘을 써서 줄을 당겼다. 손을 이쪽저쪽으로 흔들며 줄을 당길 때마다 노인의 노쇠한 다리와 어깨가 같이 돌아갔다.

"엄청나게 큰 원으로 도는군." 노인이 말했다. "어쨌든 저놈은 지금 돌고 있는 게야."

문득, 줄이 더 끌려오지 않았고, 노인이 그대로 줄을 붙잡고 있으려니 햇빛을 받은 낚싯줄에서 물방울이 튀어 오르는 게 보였다. 그러다 줄이 다시 풀려나가기 시작했고, 노인은 무릎을 꿇고 어쩔 수 없이 줄을 칠흑 같은 바닷물 속으로 내어주었다.

"저놈이 지금 원 가장자리 쪽을 만들고 있어." 노인이 말했다. 그러니 온 힘을 다해 줄을 당겨야 해. 노인은 생각했다. 내가 당길 때마다 물고기가 도는 원이 작아질 테니 이제 한 시간 안으로 놈의 모습을 보겠군그래. 이제는 저놈을 굴복시켜 죽여야 해."

그러나 물고기는 계속해서 천천히 돌기만 했고 두 시간쯤 지나자 노인은 땀범벅이 되었고 피로가 뼛속까지 스며들었다. 그래도 이제 원의 크기는 눈에 띄게 작아졌고 낚싯줄이 기울어진 모양새로 보아 물고기가 헤엄치면서 꾸준히 떠오르고 있다는 걸 알 수 있었다.

한 시간 전부터 노인의 눈앞에는 검은 반점이 어른거

리기 시작했으며, 땀이 들어가 눈도 따갑고 눈과 이마에 난 상처도 쓰라렸다. 검은 반점 따윈 걱정되지 않았다. 줄을 당기려 힘쓰다 보면 흔히 있는 일이었다. 하지만 두 번 정도 아찔하게 현기증이 느껴질 때는 마음이 쓰였다.

"이런 물고기를 눈앞에 두고 맥없이 쓰러져 죽을 수는 없어." 노인이 말했다.

"드디어 내가 물고기를 보기 좋게 이리 끌어오고 있으니, 신이여, 버티게 도와주소서! 주기도문도 백 번 외우고, 성모송도 백 번 외오리다. 하지만 지금 당장은 할 수가 없습니다."

모쪼록 외운 셈 쳐주소서. 노인이 속으로 말했다. 다음에 꼭 외우리다.

그 순간, 노인이 양손으로 잡고 있던 줄이 갑자기 퉁기며 홱 잡아당겨지는 게 느껴졌다. 그 힘은 날카롭고 단단하며 묵직했다.

저놈이 창 같은 주둥이로 철사 목줄을 치고 있군. 노인은 생각했다. 네놈이 그리 나올 줄 알았다. 그래야만 했을 게다. 그러다 저놈이 뛰어오르면 큰일이야. 지금은 계속 선회나 해주면 좋겠는데……. 공기를 채우려면 어쩔 수 없이 뛰어올라야겠지. 하지만 뛰어오를 때마다 바늘이 걸린 부위가 벌어져 저놈이 바늘을 뱉어낼 수도 있어.

"뛰어오르지 마라, 물고기야." 노인이 소리 내 말했다. "제발 뛰지 말아라."

물고기는 몇 차례 더 목줄을 쳤고 그렇게 대가리를 흔들 때마다 노인은 줄을 조금씩 내주어야 했다.

저놈이 저 정도의 고통만 느끼게 해줘야 해. 노인은 생각했다. 내 고통 따윈 문제 되지 않아. 나는 내 고통을 조절할 수 있어. 하지만 저놈은 고통 때문에 미쳐버릴지 몰라.

얼마가 지나자 물고기는 목줄을 치다 말고 다시 천천히 선회하기 시작했다. 이제, 노인은 꾸준히 줄을 잡아당기고 있었다. 문득, 다시 현기증이 났다. 노인은 왼손으로 바닷물을 퍼 머리를 적셨다. 그러고는 물을 몇 번 더 퍼서 목덜미에 대고 문질렀다.

"다행히 쥐는 안 나는군." 노인이 말했다. "이제 곧 저놈이 올라올 테고 나는 버틸 수 있어. 너도 버텨야만 해.

암 그렇고말고."

노인은 이물에 잠시 무릎을 대고는 낚싯줄을 등 뒤로 다시 넘겼다. 고기가 선회하느라 열심인 동안 난 좀 쉬어야겠어. 저놈이 가까이 오면 그때 일어나 손을 쓰면 되겠지. 노인은 그리 마음을 먹었다.

이물에 앉아 쉬면서 줄을 더 내줄 필요 없이 물고기가 저대로 한 바퀴 돌아주었으면 싶은 마음 간절했다. 그러나 줄이 팽팽한 정도로 보아 물고기는 배를 향해 다가오려고 방향을 바꾼 게 틀림없었다. 노인은 자리에서 벌떡 일어섰다. 그리고는 베틀 놀리듯 팔을 흔들고 그에 따라 몸을 이리저리 돌리며 물고기가 가져갔던 줄을 죄 당겨오기 시작했다.

내 평생 이리 고단했던 적도 없었어. 노인은 생각했다. 이제 무역풍이 부는군. 이 바람이 물고기를 데려가는데 도움이 될 게야. 내겐 아주 필요한 바람이지.

"저놈이 다음에 선회하러 가면 좀 쉬어야겠군." 노인이 말했다. "기분도 한결 나아졌어. 이제 두세 바퀴만 더 돌아주면 저놈을 잡을 수 있어."

노인의 밀짚모자는 뒤통수에서 멀리 젖혀져 있었다.

물고기가 방향을 틀어오는 듯 느껴지는 순간 줄이 당겨지면서 노인은 이물 안쪽으로 털썩 주저앉았다.

물고기야, 이제 한번 해보아라. 노인은 속으로 말했다. 돌아오면 내가 널 잡아주마.

파도가 꽤 높게 일고 있었다. 하지만 날 좋을 때 부는 미풍으로, 노인이 집으로 돌아가려면 꼭 필요한 바람이었다.

"배를 남서쪽으로 몰아야겠어." 노인이 말했다. "사내는 바다에서 결코 길을 잃지 않는 데다 여기 섬은 생긴 게 길쭉해서 괜찮아."

노인이 물고기를 처음 본 것은 고기가 세 번째로 회전할 때였다. 검은 그림자가 배 밑을 한참 지나갈 때 물고기를 처음 보고 노인은 그 길이를 믿을 수 없었다.

"아니야." 노인이 말했다. "설마 저 정도로 크지는 않겠지."

그러나 실제로 물고기는 그 정도로 컸다. 물고기가 선회를 마치고 배에서 겨우 이 미터 반 정도 떨어진 수면 위로 떠오르자 노인은 물 밖에서 그 꼬리를 보았다. 커다란 낫날보다 더 큰 꼬리는 검푸른 바닷물 위에서 흐린 연보랏빛을 띠고 있었다. 꼬리는 뒤로 비스듬히 기울어져 있었고, 물고기가 수면 바로 아래에서 헤엄을 치면서 노인의 눈에 그 거대한 몸통과 몸에 둘린 자줏빛 줄무늬가 보였다. 등지느러미는 접혀 있고 커다란 가슴지느러미는 활짝 편 채였다.

물고기가 돌 때 노인은 그 눈을 볼 수 있었는데 물고기 주위를 회색 빨판상어 두 마리가 돌고 있는 것도 보였다. 상어들은 때로 물고기 곁에 바짝 붙었다가 때로는 멀리 떨어졌다. 또 때로는 물고기의 그림자 안에서 유유히 헤엄치기도 했다. 상어는 몸길이가 일 미터는 족히 돼 보였고 빠른 속도로 헤엄칠 때는 뱀장어처럼 온몸을 세차게 흔들어댔다.

지금 노인이 땀을 줄줄 흘리고 있는 이유는 비단 햇볕 때문만은 아니었다. 물고기가 조용하고 침착하게 돌 때마다 노인은 줄을 잡아당겼고 이제 두 번만 더 돌면 작살을 꽂을 기회가 오리라는 확신이 들었다. 하지만 아주 가까이, 가까이에서 잡아야 해. 머리를 겨냥하면 안 돼. 심장을 찔러야만 해.

"침착해, 그리고 힘을 내, 늙은이." 노인이 말했다.

다음 선회에서 물고기 등이 물 밖으로 나왔지만 거리가 배에서 너무 멀었다. 그다음 회전 때도 거리는 마찬가지로 멀었지만 물고기가 수면 위로 좀 더 올라왔기에 줄을 조금만 더 끌어당기면 물고기를 뱃전으로 끌어올 수 있다는 확신이 들었다.

노인은 이미 한참 전에 작살을 준비해둔 상태였다. 작살에 달린 가느다란 밧줄을 감아 둥근 광주리 안에 담아 두고 그 끝은 이물 쪽 말뚝에 바투 매어놓았다.

물고기는 이제 선회하며 아름다운 자태로 조용히 다가들었다. 오직 그 거대한 꼬리만 움직이고 있을 뿐이었다. 노인은 물고기를 배 가까이 끌어오려 있는 힘을 다해 줄을 당겼다. 한순간, 물고기가 옆으로 기우뚱하더니 이내 몸을 똑바로 하고 다시 선회를 시작했다.

"내가 저놈을 움직였어." 노인이 말했다. "그때 내가 놈을 움직인 거야."

노인은 또다시 현기증을 느꼈지만, 안간힘을 다해 거대한 물고기를 붙잡았다. 내가 저놈을 움직였어. 노인은 생각했다. 이번에는 저놈을 끌어올 수 있을 거야. 손아, 끌어당겨라. 노인은 생각했다. 다리야, 버텨다오. 머리야, 날 위해 견뎌다오. 날 위해 견뎌라, 제발. 머리, 넌 한 번도 맥을 놓지 않았잖니. 이번에는 내가 꼭 저놈을 끌어오마.

그러나 물고기가 뱃전에 나란히 다가들기 훨씬 전부터 온 힘을 들여 당겨봐도 물고기는 잠시 기우뚱하더니 곧바로 다시 몸을 바로 세우고 헤엄쳐 가버렸다.

"이놈, 물고기야." 노인이 말했다. "이놈아, 너는 어차피 죽어야 할 운명 아니더냐. 그렇다고 나까지 죽여야 하겠니?"

그래 본들 아무 소득 없어. 노인은 생각했다. 입이 너무 말라 말도 못 할 지경이었지만 노인은 물을 마시려 손을 뻗을 수도 없었다. 이번에는 놈을 뱃전으로 끌어와 붙여야 해. 노인은 생각했다. 저놈이 몇 바퀴 더 돈다면 난 버티지 못할 거야. 아니야, 넌 할 수 있어. 노인이 자신에게 말했다. 넌 언제까지고 할 수 있어.

이번에 물고기가 다시 돌 때는 거의 붙잡아올 뻔했다. 그러나 물고기는 또다시 몸을 바로 하고 천천히 헤엄쳐 멀어져갔다.

물고기야, 네가 나를 죽이겠구나. 노인은 생각했다.

하지만 네게는 그럴 자격이 있어. 형제여, 내 평생 너처럼 크고 아름답고 침착하고 기품 있는 물고기를 본 적이 없다. 그러니 와서 날 죽여라. 누가 누구를 죽이든 무슨 상관이겠냐.

늙은이, 지금 자네 머릿속이 혼미해지고 있군. 노인은 생각했다. 정신을 똑바로 차리고 있어야 해. 정신을 똑바로 차리고 사내답게 견뎌낼 방법을 강구해보란 말일세. 아니면 물고기처럼이라도. 노인이 말했다.

"정신 차려라, 머리야." 노인이 말하는 소리는 자신의 귀에도 잘 들리지 않았다. "정신 차리란 말이다!"

물고기는 두 번 더 선회했지만 상황은 마찬가지였다.

어째야 할지 모르겠어. 노인은 생각했다. 매번 정신을 잃을 것 같다고 느껴지는 순간이 있었다. 어째야 할지 모르겠어. 그래도 한 번 더 해봐야지.

노인은 한 번 더 힘을 쓰면서 드디어 물고기를 돌려놓나 싶었는데 그만 정신이 아찔해져버렸다. 그 사이, 물고기는 몸을 바로 하고는 거대한 꼬리를 공중에서 휘저으며 다시 천천히 헤엄쳐갔다.

한번 더 해보겠어. 노인은 스스로 다짐했다. 이제 두

손은 흐물거리고 눈앞도 희미해졌다. 노인은 다시 시도했고 사정은 마찬가지였다. 다음 행동을 시작하기 전에 노인은 의식이 희미해지는 것을 느꼈다. 다시 한번 해보는 거야. 노인은 생각했다.

노인은 모든 고통과 마지막 남은 힘, 그리고 이미 잃은 지 오래인 자존심을 죄 끌어다 물고기가 겪고 있는 고통에 맞섰다. 물고기가 모로 조용히 헤엄쳐 다가들면서 그 주둥이가 조각배의 겉 판자에 닿을 뻔했다. 길고, 깊고, 넓고, 보랏빛 줄무늬를 지닌, 바닷속 무한한 존재가 조각배를 지나쳐가고 있었다.

노인은 낚싯줄을 내려놓고 발로 밟고 선 채 작살을 할 수 있는 한 높이 쳐들었다. 그리고는 온 힘을 다해, 아니 동원할 수 있는 이상의 힘을 써, 자신의 가슴께까지 솟아오른 물고기의 거대한 가슴지느러미 바로 뒤 옆구리에 작살을 내리꽂았다. 쇠 날이 물고기 몸통에 박혔다는 느낌이 들자 노인은 작살 자루에 몸을 기대 더 깊이 쑤셔 박고는 그대로 온 체중을 실어 작살을 밀어 넣었다.

이미 죽음의 기운을 품은 물고기는 마지막 기운을 내

물 위로 높이 솟구쳐 오르며 그 엄청난 길이와 넓이, 그리고 그 놀라운 힘과 아름다움을 여실히 드러내 보였다. 그런 물고기는 배에 타고 있는 노인의 머리 위로 공중에 매달린 듯 보였다. 그러다 물고기가 물속으로 떨어져 수면이 부서지면서 노인의 몸 위로, 조각배 위로 온통 물보라가 튀었다.

노인은 현기증을 느꼈고 속이 울렁거렸다. 눈앞이 잘 보이지도 않았다. 그래도 노인은 작살 줄을 수습해 얼얼해진 손으로 천천히 끌어당겼다. 어느 정도 시야가 밝아지면서 노인은 은빛 배를 드러내고 둥둥 떠 있는 물고기를 보았다. 작살 자루가 물고기 어깨쯤에 비스듬히 꽂힌 채 튀어나와 있었고 물고기 심장에서 흘러나온 피로 바닷물이 붉게 물들고 있었다. 처음에 피는 천 미터도 넘을 깊은 푸른 바닷물 속에 고기 떼가 몰린 듯 시커멓게 보였다가 곧 구름처럼 퍼져나갔다. 물고기는 은빛을 띤 채 조용히 물결 따라 떠가고 있었다.

노인은 가물거리는 시야 속에서 조심스레 물고기를 바라보았다. 그러고 이물 말뚝에 작살 줄을 두 번 돌려 감고 양손으로 머리를 감쌌다.

"정신을 똑바로 차리고 있어."

노인이 이물 널판에 몸을 기대고 말했다.

"나는 지쳐빠진 늙은이야. 하지만 내 형제인 이 물고기를 죽였고 이제부터 노예처럼 일해야만 해."

이제 올가미와 밧줄을 준비해서 물고기를 배와 나란하게 단단히 잡아매야 돼. 노인은 생각했다. 두 사람이 있어 저 물고기를 용케 싣는다 해도 배가 물에 좀 잠길 테지. 들어온 물을 퍼낸다 해도 이 조각배로는 절대 저 놈을 감당 못 해. 가능한 모든 수를 동원해 저놈을 끌어다 배에 단단히 붙들어 맨 뒤 돛대를 세우고 돛을 펴 집으로 돌아가는 거야.

노인은 물고기를 뱃전으로 끌어당겨 아가미를 통해 낚싯줄을 주둥이로 빼낸 뒤 물고기 대가리를 뱃전에 단단히 묶었다. 물고기를 보고 싶군. 노인은 생각했다. 이 놈을 만지고 느껴보고 싶단 말이야. 이 물고기는 내 재산이야. 하지만 이놈을 만져보고 싶은 것은 그 때문이 아니야. 내가 저 물고기의 심장을 느낀 것 같아서지. 두 번째로 작살 자루를 밀어 넣을 때였던 것 같아. 이제 저 물고기를 끌어당겨 단단히 붙들어 매자. 꼬리와 가운데

쯤 올가미를 하나씩 씌워서 배에다 붙잡아 매는 거야.

"자, 작업을 시작하게나, 늙은이." 노인은 그리 말하고 물을 아주 조금 마셨다.

"싸움이 끝났으니 이제는 노예처럼 해야 할 일이 산더미군."

노인은 하늘을 한 번 올려다보고 다시 물고기를 바라보았다. 그리고는 신중하게 해를 쳐다보았다. 정오를 많이 넘기지 않았군그래. 노인은 생각했다. 무역풍이 불고 있어. 이제 낚싯줄은 아무래도 상관없어. 집에 가서 그 아이하고 같이 다시 꼬아서 이으면 돼.

"물고기야, 이리 오렴." 노인이 말했다. 그러나 물고기는 올 기미가 보이지 않았다.

물고기는 바다에 등을 대고 편안한 듯 누워 있었고 노인이 배를 저어 고기 쪽으로 다가갔다. 물고기 옆으로 가 그 대가리를 뱃전에다 붙들어 매던 노인은 그 크기를 믿을 수가 없었다. 노인은 작살 줄을 말뚝에서 푼 뒤 물고기의 아가미를 지나 턱으로 그걸 빼내 뾰족한 주둥이에 한 번 감았다. 그러고는 다른 쪽 아가미로 꿰어 주둥이를 한 번 더 감은 뒤 두 겹이 된 줄 끝을 매듭

지어 이물 말뚝에 붙들어 맸다. 그런 뒤 노인은 밧줄을 끊어 물고기 꼬리에 올가미를 씌우려고 고물 쪽으로 갔다. 원래 보랏빛과 은빛이 어우러진 색이던 물고기가 이제는 순전한 은빛으로 변해 있었고 줄무늬는 꼬리와 같은 연보랏빛을 띠었다. 줄무늬의 너비는 손가락을 폈을 때의 사람 손보다 더 넓었고, 물고기 눈은 잠망경의 반사경처럼, 혹은 행렬 속 성자처럼 초연했다.

"이놈을 죽일 방법은 이것뿐이었어." 노인이 말했다.

물을 마시고 한결 기분이 나아졌다. 정신을 잃을 것 같지도 않고 머리도 맑았다. 무게가 팔백 킬로그램은 족히 되겠군. 노인은 생각했다. 더 나갈지도 몰라. 내장을 빼고 고기가 삼분의 이 정도 된다고 치고 일 킬로그램에 60센트를 받으면?

"계산하려면 연필이 있어야겠는걸." 노인이 말했다. "내 머리가 그 정도로 맑지는 못해. 그래도 오늘은 위대한 디마지오도 나를 자랑스러워할 거야. 난 가시 뼈는 없지만 양손과 등이 정말 죽도록 아팠지 않나."

도대체 뒤꿈치 가시 뼈는 어떤 걸까? 노인은 생각했다. 어쩌면 우리에게도 있을지 몰라. 우리가 모르고 있을 뿐이지.

노인은 물고기를 뱃머리와 선미, 그리고 배허리께에 줄을 이어 붙잡아 맸다. 고기가 얼마나 큰지, 노인의 배보다 훨씬 큰 배 한 척을 나란히 매어놓은 것처럼 보였다. 노인은 밧줄을 한 가닥 끊어 물고기의 아래턱을 주둥이에 잡아맸다. 그래야 고기 주둥이도 벌어지지 않고 배도 순항할 수 있기 때문이었다. 그러고는 돛대를 세우고, 갈고릿대와 활대를 설치하자 여기저기 덧대어 기운 돛이 펴지고 배가 움직이기 시작했다. 노인은 고물에 반쯤 몸을 뉜 채 남서쪽으로 방향을 잡았다.

남서쪽을 분간하는데 노인에게는 나침반이 딱히 필요 없었다. 무역풍이 와 닿는 느낌과 돛의 모양만 봐도 알 수 있었다. 짧은 낚싯줄에 후림 미끼라도 달아 뭐라도 먹을 걸 잡아 올리고 목도 축여야겠어. 노인이 생각했다. 그러나 후림 미끼는 찾을 수 없었고 정어리는 이미 상해 있었다. 노인은 갈고리로 물에 떠가는 누런 모자반 해초 한 덩이를 건져 올려 털었다. 속에 있던 잔 새우가 배 바닥으로 떨어졌다. 열 마리도 넘는 잔 새우가 모래 벼룩처럼 팔딱팔딱 뛰어다녔다. 노인은 엄지와 집게손가락으로 새우 머리를 따내고, 껍질이며 꼬리까지 통째로 씹어 먹었다. 크기는 몹시 작아도 새우가 영양분이 많고 맛도 좋다는 것을 노인은 알고 있었다.

물병에는 아직 두 번 정도 마실 물이 남아 있었는데 노인은 새우를 먹고 한 번 마실 양의 반을 마셨다. 불리한 상황을 고려하면 배는 잘 나가주는 편이었고, 노인은 키 손잡이를 겨드랑이에 끼우고 방향을 잡아나갔다. 물고기는 아주 잘 보였고, 노인은 자신의 손을 들여다보고, 또 고물에 기댄 등에 닿는 느낌으로 이 모든 게 실제로 일어났고, 꿈이 아님을 알았다. 싸움이 끝나가면서 몸 상태가 몹시 안 좋았던 때는 이게 꿈일지도 모른다고 생각했다. 그래서 물 밖으로 솟구쳐 오른 물고기가 미동도 없이 공중에 매달려 있다가 물로 떨어지는 모습을 보았을 때, 뭔가 아주 기묘한 일이 일어났다는 생각만 들고 도저히 믿기지는 않았다. 지금은 그 어느 때보다 잘 보이지만 그때는 눈앞이 잘 보이지도 않았다.

지금 물고기가 실제로 있고, 자신의 손과 등이 아픈 게 꿈이 아니란 것을 알 수 있었다. 손은 곧 나을 거야. 노인은 생각했다. 피를 씻어냈으니 소금물이 치료해주겠지. 순수한 만(灣)의 깊은 바닷물만 한 명약이 또 어딨나. 이제는 정신만 똑바로 차리고 있으면 돼. 이 두 손은 제 할 일을 해냈고, 우리는 잘 가고 있어. 저리 입을 꽉 다물고 꼿꼿한 꼬리를 아래위로 움직이는 물고기와 의좋은 형제처럼 항해하고 있지 않나. 문득, 노인은 머리가 조금 흐릿해지기 시작하더니 이런 생각이 들었다. 물고기가 나를 데려가는 건가, 내가 물고기를 데려가는 건가? 내가 물고기를 배 뒤에 매달아 끌고 간다면 문제 될 게 없지. 고기가 그 모든 위엄을 잃고 이 배 안에 실려 있대도 상관없는 일이야. 하지만 물고기와 옆으로 나란히 묶여 나아가고 있는 모습을 보며 노인은 생각했다. 물고기가 원한다면 물고기가 날 데려가는 걸로 해주겠어. 노인은 생각했다. 나는 그저 꾀가 있어 저보다 나은 것일 뿐, 물고기는 나를 해칠 의도가 전혀 없질 않았나.

항해는 순조로웠고 노인은 두 손을 소금물에 담그고 정신을 똑바로 차리려 애썼다. 뭉게구름이 높이 떠 있고 그 위로 새털구름이 넉넉히 깔린 것으로 보아 밤새 미풍이 불리라 예감할 수 있었다. 노인은 이게 현실인 것을 확인하려 수시로 물고기를 쳐다보았다. 첫 번째 상어가 물고기를 덮친 때는 그로부터 한 시간 뒤였다.

상어는 그저 우연히 출현한 게 아니었다. 일 킬로미터가 넘는 깊은 바닷속으로 시커먼 피 구름이 퍼져나가던 때부터 상어는 저 깊은 곳에서 올라왔을 터였다. 상어는 쏜살같이 부상해 일말의 경계심 없이 푸른 수면을 마음껏 가르며 햇살 속에 몸을 드러냈을 것이다. 그러고는 다시 물속으로 들어가 피 냄새를 맡으며 배와 고기가 택한 경로를 따라왔을 것이다.

때로 피 냄새를 놓쳤을 수도 있다. 하지만 이내 다시 포착했거나 그 흔적을 쫓아 빠르게, 맹렬히 경로를 헤엄쳐왔으리라. 바다에서 빨리 헤엄치기로는 당해낼 재간이 없는, 아주 덩치 큰 청상아리였다. 청상아리는 주둥이를 빼고는 모든 게 아름다웠다. 등짝은 황새치처럼 푸르렀고, 배는 은빛이었으며, 결은 매끄럽고 우아했다. 수면 바로 아래서 긴 등지느러미로 흔들림 없이, 칼로 물을 베듯 빠른 속도로 헤엄치는 모습은 꽉 다문 큰 주둥이만 아니면 황새치와 비슷했다. 주둥이를 보면, 두겹 입술 안쪽으로 여덟 줄의 이빨이 삐딱하게 나 있었는데 대부분의 상어처럼 평범한 피라미드 모양의 이빨이 아니었다. 사람 손가락이 매 발톱처럼 오그라든 모양을 하고 있었다. 길이는 거의 노인의 손가락 정도였고, 양쪽 가장자리는 면도날처럼 예리했다. 바다에 사는 물고기를 죄다 잡아먹고도 남을 듯한 이 물고기는 빠르고 힘세고 무기까지 갖춘 것이 가히 무적의 존재였다. 지금, 바로 그런 상어가 신선한 피 냄새를 맡고 속도에 박차를 가하면서 푸른 가슴지느러미로 물을 가르며 다가오는 중이었다.

그게 다가오는 것을 보면서 노인은 그것이 세상 무서울 것 없이 제 하고 싶은 대로 다 하고 마는 상어란 걸 알았다. 노인은 가까이 헤엄쳐오는 상어를 지켜보면서 작살을 준비하고 밧줄을 단단히 묶었다. 그런데 물고기를 잡아매느라 잘라 쓴 탓에 밧줄은 짧았다.

이제 머리도 맑아졌고 마음은 더없이 결연했지만, 노인은 별다른 희망을 품지는 않았다. 좋은 일은 오래가지 않는 법이지. 그런 생각이 들었다. 노인은 상어가 가까이 다가드는 모습을 지켜보다 배 옆으로 묶인 거대한 물고기를 흘깃 쳐다보았다. 차라리 저게 꿈이었다면 좋왔겠군. 노인은 생각했다. 나는 상어의 습격을 막아낼 수는 없어도 상어를 처치할 수 있을지는 몰라. 덴투소(Dentuso),* 이 재수 없는 놈.

상어가 선체 뒤쪽으로 날쌔게 다가들어 물고기를 덮칠 때 노인은 그 벌어진 아가리와 기괴한 눈을 보았다. 물고기 꼬리 바로 위에 대가리를 처박으며 그 살을 물어뜯는 상어의 이빨에서 찰칵거리는 소리가 났다. 상어 대가리가 물 밖으로 나오고 등도 수면 위로 드러나면서 노인의 귀에 거대한 물고기의 껍질이며 살점이 찢겨나가는 소리가 들렸다. 그 순간, 노인이 상어의 머리통을 겨누고, 두 눈을 잇는 선과 코에서 눈으로 이어지는 선이 교차하는 지점에 작살을 쑤셔 박았다. 실제로 그런 선은 존재하지 않았다. 대신, 육중하고 뾰족한 푸른빛 머리와 커다란 눈, 뭐든 삼켜버릴 기세의 가공할 아가리가 거기 있었다. 상어의 골이 있는 부위인지라 노인은 바로 그곳을 찔렀다. 피로 곤죽이 된 양손으로 노인은 있는 힘을 다해 단단한 작살을 박았다. 희망은 없었

* '날카로운 이빨'을 의미하는 스페인어

지만 단호한 결의와 철저한 적개심을 그대로 작살에 실어 꽂았다.

상어가 한 바퀴 뒹굴 때 노인은 상어의 눈에 생기가 없는 걸 보았고, 상어는 다시 뒹굴다 저 스스로 밧줄을 몸에 두 번 감았다. 노인은 상어가 죽었다고 생각했지만 상어는 그 사실을 인정하려 들지 않았다. 상어는 뒤집힌 채 꼬리로 물을 후려치고 아가리를 찔칵대며 모터보트처럼 물살을 헤치고 달렸다. 상어의 꼬리가 수면을 때리자 하얀 물보라가 일어났고, 팽팽해질 대로 팽팽해진 밧줄이 바르르 떨리다 결국 끊어지면서 상어 몸뚱이가 사분의 삼 정도 물 위로 드러났다. 상어는 한동안 바다 위에 가만히 떠 있었고 노인은 그런 상어를 가만히 지켜보았다. 점차 상어는 아주 천천히 물속으로 가라앉았다.

"저놈이 이십 킬로그램이나 가져가버렸어." 노인이 큰 소리로 말했다. 내 작살이며 밧줄도 죄 채가버렸어. 노인은 생각했다. 저 물고기가 다시 피를 흘리기 시작했으니 다른 놈들이 또 나타나겠지.

노인은 몸이 뜯겨나간 물고기를 더 보고 싶지 않았

다. 물고기가 습격을 받던 순간은 꼭 자신이 당하는 것만 같았다.

어쨌든 내 물고기를 덮친 상어를 내가 끝장냈어. 노인은 생각했다. 지금껏 내가 본 상어 중 제일 덩치 큰 덴투소였어. 내가 큰 놈들을 많이 봤다는 걸 신은 아시겠지.

역시 좋은 일은 오래가지 않는 법이로군. 노인은 생각했다. 차라리 이게 꿈이라면, 그래서 저 물고기를 잡은 일도 없고, 지금 신문지를 깐 내 침대에 혼자 누워 있다면 얼마나 좋을까?

"하지만 인간은 패배하게 만들어지지 않았어." 노인이 말했다. "인간은 파괴당할 수는 있어도 패배하지는 않아."

그래도 상어 놈을 죽인 건 후회스럽군. 노인은 생각했다. 이제 또 불운이 닥칠 텐데, 내겐 작살도 없지 않나. 저 덴투소는 잔인하고 힘세고 똑똑했지만 놈보다는 내가 더 똑똑했지. 아니, 그게 아닐지도 몰라. 단지 내 무기가 더 좋았던 것뿐일지도 몰라.

"생각하지 마, 늙은이." 노인이 큰 소리로 말했다. "그

저 가던 대로 배를 저어 가는 거야. 그러다 때가 오면 받아들이면 돼."

하지만 나는 생각을 안 할 수가 없어. 노인은 생각했다. 그게 내게 남은 전부이지 않나. 내게 그것하고 야구밖에 뭐가 더 있나. 내가 상어 놈의 골통을 찌른 걸 봤다면 위대한 디마지오가 어찌 생각할지 모르겠군. 그리 대단한 일이랄 것도 없겠지. 사내라면 누구나 할 수 있는 일 아닌가. 하지만 디마지오, 자네는 내 손이 뒤꿈치 가시 뼈처럼 불리한 조건이었다고 생각하나? 나야 알 수 없지. 헤엄치다 노랑가오리를 밟는 바람에 그 침에 찔려 종아리가 마비되고 호되게 아팠을 때 말고는 발뒤꿈치에 문제가 있었던 적이 없었거든.

"뭔가 유쾌한 일을 생각해봐, 늙은이." 노인이 말했다. "이제 시시각각 집이 가까워지고 있어. 이십 킬로그램을 덜어냈으니 배도 한결 가볍고……."

배가 조류의 안쪽으로 들어가면 으레 무슨 일이 벌어지는지 노인은 잘 알고 있었다. 하지만 지금으로서는 어찌 해볼 방도가 없었다.

"아니야, 방법이 있어." 노인이 큰 소리로 말했다. "그래, 노 끝에 칼을 잡아매두면 돼."

그래서 노인은 노 손잡이를 겨드랑이에, 그리고 돛자락을 발밑에 끼운 채 그 일을 했다.

"이젠 됐어." 노인이 말했다. "나는 여전히 힘없는 늙은이야. 하지만 무방비 상태는 아니야."

상쾌한 미풍이 불어왔고 항해는 순조로웠다. 물고기의 앞쪽 부분만 바라보고 있으려니 노인에게서 불현듯 희망이 되살아났다.

희망을 품지 않는다는 것은 어리석은 일이야. 노인은 생각했다. 더구나 내 믿음으로는 그건 죄악이야. 죄에 대해서는 생각하지 말자. 지금은 죄 말고도 생각할 문제가 넘치게 많아. 게다가 나는 죄가 뭔지도 잘 모르잖아. 나는 죄가 뭔지도 잘 모르고 그걸 믿고 있는지도 확실치 않아. 그 물고기를 죽인 것도 물론 죄일지 몰라. 내가 살아가기 위해, 또 많은 사람을 먹이기 위해 그랬다 해도 그건 죄가 맞을 거야. 하지만 그리 치면 죄 아닌 게 있을까? 죄에 대해 생각하지 말자. 그런 생각을 하기에는 너무 늦은 데다 죄에 대한 생각을 하는 일로 돈 버는 사람들은 따로 있으니까. 죄에 대해서는 그들더러 생각하라지. 물고기가 물고기로 태어난 것처럼 너는 어부로 태어난 거야. 산 페드로(San Pedro)*도, 디마지오의 아버지도 한때 어부였어.

그러나 노인은 자신과 관련된 일이라면 뭐든 생각하기를 좋아했다. 그리고 읽을 책도 없고 라디오도 없었기 때문에 생각이 꼬리를 물었고, 죄에 대해서도 계속 생각이 났다.

너는 단지 살기 위해, 혹은 식량을 살 고기를 얻으려 그 물고기를 죽인 게 아니었어. 노인은 생각했다. 너는 긍지를 위해서, 또 네가 어부이기 때문에 물고기를 죽인 거야. 너는 물고기가 살아 있을 때도 사랑했고, 죽은 뒤에도 사랑했지 않나. 물고기를 사랑한다면 죽인다고 죄가 되지는 않아. 아니, 혹시 더 큰 죄가 되는 건 아닐까?

"생각이 너무 많군, 늙은이." 노인이 말했다.

하지만 너는 덴투소를 죽이는 걸 즐기고 있었어. 노인은 생각했다. 그놈도 너처럼 날생선을 먹고 살아. 썩은 고기를 밝히지도 않고 다른 상어들처럼 대식가도 아

---

* '성 베드로'를 뜻하는 스페인어

니야. 아름답고 고상하며 두려움을 모르는 물고기야.

"내가 그놈을 죽인 건 정당방위였어." 노인이 큰 소리로 말했다. "게다가 멋지게 죽여주지 않았나."

어차피 세상 모든 것들은 나름의 방식으로 또 다른 것들을 죽이며 살아가고 있어. 고기 잡는 일은 나를 살아가게 해주기도 하지만 나를 죽이기도 하지. 아니, 나를 살아가게 해주는 건 그 아이야. 나 자신을 너무 속여서는 안 돼.

노인은 뱃전 밖으로 몸을 내밀고 상어가 물어뜯은 물고기의 살점을 조금 잡아뗐다. 그리고 그 살점을 씹으면서 고기의 질과 좋은 맛을 음미했다. 살이 육지 고기처럼 단단하고 즙도 많았지만 붉은색은 아니었다. 힘줄도 없어 시장에 내놓으면 최고가로 팔릴 게 틀림없었다. 하지만 고기 냄새를 물 밖에서만 나도록 붙잡고 있을 방도가 없었기에 노인은 아주 힘든 시간이 다가오고 있음을 알 수 있었다.

미풍은 꾸준히 불고 있었다. 부는 방향이 북동쪽으로 살짝 틀어졌지만 바람이 아예 잦아진다는 조짐은 아니었다. 노인은 전방을 주시하고 있었는데 돛이나 선체,

혹은 배에서 올라오는 연기 같은 건 보이지 않았다. 다만, 이물 쪽에서 이쪽저쪽으로 튀어 오르는 날치와 누런 모자반 해초만 보일 뿐이었다. 새도 한 마리 보이지 않았다.

노인은 그 뒤로 두 시간을 항해하면서 뱃고물에 앉아 가끔 청새치 살을 씹으며 쉬기도 하고 기력을 돋우려 애썼다. 새로운 상어 두 마리 중 첫 번째 놈을 발견한 건 그때였다.

"아이!" 노인이 외마디 소리를 냈다. 그 말은 다른 말로 뜻을 옮길 수 없는, 못이 손을 뚫고 나무에 박히는 걸 느낄 때 무의식적으로 터져 나오는 비명 같은 것이었다.

"갈라노(Galanos)*군."

노인은 소리 내어 말했다. 첫 번째 상어 뒤로 다가드는 두 번째 상어의 지느러미도 보였는데 삼각 모양 갈색 지느러미 하며 빗자루로 쓸고 가는 듯한 꼬리 움직임으로 보아 가래상어였다. 두 놈은 냄새를 맡고 한껏 신이 나 있었지만 허기가 심해 얼이 빠진 데다 흥분한

---

* 쿠바 스페인어로 '상어'를 일컫는 말로 여기서는 가래상어를 말함

나머지 냄새를 맡았다 놓쳤다 했다. 그러면서도 놈들은 점점 더 다가들고 있었다.

노인은 아딧줄*을 붙들어 매고 키를 단단히 고정했다. 그러고는 칼을 묶어둔 노를 집어 들었다. 아픈 손이 말을 제대로 안 듣는지라 될수록 힘을 빼고 노를 잡았다. 노인은 손을 좀 풀어줄 요량으로 살살 폈다가 오므렸다. 그러다 고통을 받아들인 손이 더는 움츠러들지 않게 두 손에 바짝 힘을 주고서 상어가 다가오는 것을 노려보았다. 이제 넓적하고 편평하며 삽처럼 뾰족한 상어 대가리와 끝이 희끄무레하고 널따란 가슴지느러미가 보였다. 혐오스럽고 냄새도 역하며 산 고기, 죽은 고기 가리지 않는 데다 배가 고프면 노든 키든 닥치는 대로 물어뜯을 놈들이었다. 바다에 뜬 채 잠을 자는 바다거북이의 다리나 물갈퀴를 잘라 먹는 것도 바로 이놈들이고 배가 고프면 생선의 피 냄새나 생선 진액이 묻어 있지도 않은 사람에게까지 덤벼들었다.

"아이!" 노인이 외쳤다. "이 갈라노 놈들, 어디 덤벼보

* 바람의 방향을 맞추기 위해 돛에 매어 쓰는 줄

아라."

상어들이 다가왔다. 그런데 청상아리가 다가올 때와 사뭇 달랐다. 한 놈이 방향을 틀어 배 밑으로 들어가 모습을 감추는가 싶더니 곧 물고기를 물어뜯고 잡아당기는 바람에 노인은 배가 흔들리는 걸 느꼈다. 다른 한 놈은 가늘게 쭉 째진 누런 눈깔로 노인을 쳐다보고 있다가 반원 모양의 아가리를 있는 대로 벌리고, 이미 뜯겨 나간 물고기 살점을 잽싸게 덮쳤다. 골과 척추가 만나는 선이 갈색 머리통과 등짝 위에 뚜렷이 드러났다. 노인은 그 접점에 노에 묶인 칼을 냅다 쑤셔 넣고는 다시 빼서 이번에는 고양이 눈 같은 그 누런 눈깔을 찔렀다. 물고기를 놓고 미끄러지듯 떨어져 나온 상어는 죽어가면서도 입에 문 살점을 삼키고 있었다.

다른 상어가 물고기를 물어뜯고 있는 바람에 배는 여전히 흔들리고 있었다. 노인이 아딧줄을 풀자 배가 옆으로 돌면서 배 밑에 있던 상어가 드러났다. 상어가 보이자 노인은 뱃전 너머로 몸을 내밀어 칼을 들이꽂았다. 그러나 몸뚱이를 치기만 했을 뿐 껍질이 너무 딱딱해 칼이 제대로 박히지 않았다. 그 충격으로 노인은 두 손은 물론이고 어깨까지 통증을 느꼈다. 상어는 대가리를 세우고 쏜살같이 다가왔다. 상어가 코를 물 밖으로 내민 채 물고기를 덮치는 걸 보고 노인이 놈의 넙데데한 대가리 한복판을 정통으로 찔렀다. 노인은 칼을 뽑아 다시 한번 정확하게 같은 부위를 찔렀다. 그래도 상어가 아가리를 처박은 채 물고기에 들러붙자 노인은 이번에 그 왼쪽 눈을 찔렀다. 상어는 악착같이 떨어져나가지 않았다.

"안 떨어져?" 노인은 외치며 상어의 척추와 골통 사이에 칼을 꽂았다. 이번에는 칼이 수월하게 박히면서 상어의 연골이 끊어지는 게 느껴졌다. 노인은 노를 거꾸로 들고 노깃을 상어 이빨 사이에 끼워 넣어 아가리를 벌렸다. 그대로 노깃을 비틀자 미끄러지듯 떨어져나가는 상어에 대고 노인이 말했다.

"잘 가라, 갈라노야. 바다 깊이깊이 가라앉아라. 가서 네놈 친구나 만나거라. 어미일지도 모르지만……."

노인은 칼날을 닦고 노를 내려놓았다. 그러고는 아딧줄을 찾아 잡아매 돛에 바람을 가득 싣고 항로를 따라 배를 몰아갔다.

노인이 말했다

"저놈들이 물고기의 사분의 일은 뜯어 먹었을 거야. 그것도 제일 맛있는 부위를 말이지. 이게 꿈이라면 좋았을걸. 이 물고기를 잡지 않았더라면 좋았을걸. 미안하구나, 물고기야. 그래서 모든 게 잘못된 거야."

말을 멈춘 노인은 이제 정말 물고기를 보고 싶지 않았다. 피가 죄 빠져나가고 파도에 시달린 물고기는 거울 뒷면처럼 생기 없는 은색을 띠고 있었는데 그나마 줄무늬는 여전했다.

"이렇게 멀리 나오는 게 아니었어, 물고기야." 노인이 말했다. "너를 위해서도, 나를 위해서도 말이다. 미안하다, 물고기야."

"이제는." 노인이 자신에게 말했다. "칼이 잘 묶여 있나 살피고 줄이 끊긴 데가 없나 봐둬야 해. 상어가 더 올 테니 손도 제대로 쓸 수 있게 살펴놔야지."

"칼을 갈 숫돌이 있었으면 좋았을 텐데……."

노 끝에 묶은 줄을 확인한 뒤 노인이 말했다.

"숫돌을 가져왔어야 했어."

넌 많은 걸 챙겨왔어야 했어. 노인은 생각했다. 하지

만 챙기지 않았지. 지금 네게 없는 걸 생각하고 있을 때가 아니야. 여기 있는 것으로 네가 무엇을 할 수 있을지 생각해.

"참 금쪽같은 조언을 많이도 주는군." 노인이 말했다. "신물이 다 날 정도야."

노인은 키를 겨드랑이에 끼고 배가 앞으로 나아가는 대로 두 손을 바닷물 속에 담갔다.

"마지막 놈이 얼마나 뜯어 먹었는지 모르겠군." 노인이 말했다. "그래도 배는 훨씬 가벼워졌군그래."

노인은 물어뜯겨 나간 물고기의 아랫부분에 대해서는 생각하고 싶지 않았다. 상어가 쿵쿵 들이받을 때 살점이 뜯겨나갔을 테니 지금쯤 온 바다의 상어가 죄 모여들고도 남게 고속도로처럼 널찍한 추격로가 생겼을 터였다.

한 사람이 겨우내 먹을 수 있을 물고기였어. 노인은 생각했다. 그런 생각일랑 집어치워. 그저 쉬면서 남은 고기를 지킬 수 있게 손이나 잘 간수하시지. 지금 물속에 진동할 냄새에 비하면 내 손에서 나는 피 냄새야 아무것도 아니겠지. 게다가 손에서 피도 많이 나지 않아.

이렇다 하게 벤 상처도 없고 말이야. 혹시 피를 흘려서 왼손에 쥐도 안 나는 건가?

이제는 무슨 생각을 해야 하지? 노인은 생각했다. 아무것도 없어. 아무것도 생각하지 말고 다음에 올 상어 놈들이나 기다려. 정말로 이게 꿈이라면 좋겠군. 노인은 생각했다. 하지만 누가 알아? 일이 잘 풀릴지도 모를 일이야.

다음에 나타난 놈은 가래상어 한 마리였다. 놈은 여물통을 앞에 둔 돼지처럼 다가왔다. 사람 머리가 들어갈 정도로 입이 큰 돼지가 있다면 딱 그 짝이었다. 노인은 상어가 물고기에 달려들도록 두었다가 노 끝에 매놓은 칼로 골통을 찔렀다. 그런데 상어가 한 번 돌며 몸을 홱 뒤로 젖히는 바람에 칼날이 부러지고 말았다.

노인은 키를 잡으려고 자리를 잡으면서 그 큰 상어가 처음에는 실제 크기였다가 점점 더 작아지며 천천히 가라앉는 모습을 굳이 쳐다보지는 않았다. 그 광경은 늘 노인을 매료시키는 광경이었다. 그러나 이번에는 눈길도 주지 않았다.

"내게는 아직 작살이 있어." 노인이 말했다. "이게 제

구실을 못한다 해도, 노가 두 개에 키 손잡이와 작은 몽둥이가 있어."

이제 저놈들이 날 꺾어놓겠군. 노인은 생각했다. 몽둥이로 상어를 때려죽이기에 나는 너무 늙었어. 그래도 나는 해보겠어. 내게 노와 작은 몽둥이, 키 손잡이가 있는 한은 말이야.

노인은 두 손을 다시 바닷물에 담갔다. 늦은 오후로 접어들면서 노인의 눈에는 바다와 하늘 외에는 아무것도 보이지 않았다. 하늘에는 아까보다 바람이 세졌고, 노인은 어서 뭍이 보이기만을 바랐다.

"넌 지쳤어, 늙은이." 노인이 말했다. "마음도 지쳤어."

해가 떨어지기 바로 전, 상어 떼가 다시 노인에게 덤벼들었다. 물고기가 물속에 닦아 놓았을 광대한 추격로를 따라 갈색 지느러미가 다가오는 게 보였다. 놈들은 냄새를 찾아 갈팡질팡하지 않았다. 나란히 헤엄치면서 배를 향해 곧장 다가왔다.

노인은 키를 고정하고 아딧줄을 잡아매고는 고물 밑으로 손을 뻗어 몽둥이를 꺼냈다. 부러진 노를 톱으로 잘라 60센티미터 정도 길이로 만든 노 손잡이였다. 손잡이가 달려 한 손으로도 쉽게 다룰 수 있었다. 노인은 오른손에 몽둥이를 단단히 쥐고 잡은 손에 힘을 주면서 상어 떼가 다가오는 것을 지켜보았다. 두 마리 다 갈라노였다.

첫 번째 놈이 물고기를 제대로 물게 둬야 해. 고기를 물면 콧등이나 정수리를 후려치자. 노인은 생각했다.

상어는 두 마리가 바짝 붙어 다가왔는데 노인은 먼저 온 상어가 물고기의 은빛 옆구리에 이빨을 박는 것을 보고 몽둥이를 높이 치켜들었다가 그 무거운 힘으로 놈의 널찍한 정수리를 내리쳤다. 몽둥이를 내려칠 때 고무 같은 탄성과 더불어 딱딱한 뼈에 부딪히는 느낌이 있었다. 상어가 물고기에서 미끄러지듯 떨어져 나가자 노인은 다시 한번 있는 힘껏 놈의 콧등을 후려쳤다.

주변에서 왔다 갔다 하던 다른 상어가 이번에는 아가리를 있는 대로 벌리고 다가들었다. 그놈이 들이받다시피 물고기에 이빨을 박을 때, 그 주둥이 옆으로 물고기 살점이 허옇게 떨어져 나가는 게 보였다. 노인이 몽둥이를 휘둘러 대가리를 치자 상어는 노인을 힐끗 쳐다보더니 이빨을 박은 살을 홱 뜯어냈다. 상어가 그 살점을 삼키려고 뒤로 빠지자 노인이 다시 몽둥이를 휘둘러 내려쳤지만, 그 육중하고 단단한 탄성만 전해졌다.

"오너라, 갈라노 놈들아!" 노인이 외쳤다. "다시 덤비란 말이다!"

상어가 잽싸게 달려와 물고기에 다시 아가리를 처박자 노인이 상어를 후려갈겼다. 몽둥이를 제대로, 그리고 되도록 높이 쳐들었다가 내리쳤다. 이번에는 몽둥이가 상어의 골통 바닥 뼈에 닿는 게 느껴졌고, 상어가 살점을 어설프게 물어뜯고 떨어져 나가는 순간, 노인은 같은 지점을 한 번 더 내려찍었다.

노인은 그놈이 돌아오는지 지켜보았지만, 그 어떤 상어도 보이지 않았다. 그러다 한 놈이 수면 위에서 선회하며 헤엄치는 것이 보였다. 잠시 시간이 흐르자, 한 마리가 빙빙 돌면서 물 위를 헤엄쳐오는 것이 보였다. 다른 한 마리는 지느러미조차 보이지 않았다.

저놈들을 죽일 수 있으리라 기대할 수야 없지. 노인은 생각했다. 한창때라면 죽일 수도 있겠지만……. 그래도 심한 상처를 입혔으니 두 놈 다 성한 상태가 아닐 거야. 노인은 생각했다. 두 손으로 몽둥이를 쓸 수 있었다면 처음 놈은 확실히 죽일 수 있었어. 이리 늙은 지금도 문제없어.

노인은 물고기를 보고 싶지 않았다. 그 살이 이미 절반은 뜯겨 소실되었을 것을 알았기 때문이다. 노인이 상어와 싸우는 동안 해는 이미 기울고 있었다.

"곧 어두워질 거야." 노인이 말했다. "그러면 아바나의 불빛이 보이겠지. 혹시 동쪽으로 멀리 왔다면 새로운 해안의 불빛이라도 보일 거야."

이제는 그리 멀지 않을 텐데……. 노인은 생각했다. 마을 사람들이 너무 많이 걱정하지 않았으면 좋겠군. 물론, 그 아이는 분명 나를 걱정하고 있겠지. 그래도 그 아이는 날 믿어줄 게야. 늙은 어부들은 많이들 걱정할 테지. 다른 사람들도 나를 걱정할 거야. 나는 참, 인심 좋은 마을에 살고 있구나.

물고기가 너무 심하게 망가져버렸기에 노인은 더 말을 걸 수 없었다. 그때, 무언가 머리에 떠올랐다.

"반쪽 물고기야." 노인이 말했다.

"온전했던 물고기야. 내가 너무 멀리 나와 미안하구

나. 내가 우리 둘을 모두 망쳤어. 하지만 우리 둘이서 상어도 여러 마리 죽이고 다른 물고기도 꽤 많이 상하게 했지. 이 늙은 물고기야, 넌 이제껏 몇 마리나 죽였니? 머리통에 그 뾰족한 창은 쓸데없이 달고 다니지는 않았을 게 아니냐."

노인은 물고기 생각을 하는 게 좋았고, 그 물고기가 자유롭게 헤엄칠 수 있었다면 상어를 어떻게 했을지 생각하는 것도 좋았다. 물고기 주둥이를 잘라 그걸로 상어 놈들과 대적했더라면 좋았을 텐데……. 노인은 생각했다. 하지만 내게 도끼는커녕, 칼도 없지 않았나.

어쨌든 그런 게 있어 노 끝에 잡아맸다면 얼마나 근사한 무기가 되었겠나? 그랬다면 우리 둘이서 놈들에 맞서 싸울 수 있었을 게야. 이제 밤중에 상어 놈들이 오면 넌 어찌할 생각인가? 넌 무엇을 할 수 있나?

"놈들과 싸우겠어." 노인이 말했다. "나는 죽을 때까지 싸울 거야."

그러나 날은 어두워졌는데 불꽃이나 불빛 따윈 보이지 않았고 꾸준히 돛을 당겨주는 바람이 전부라 노인은 자신이 혹시 이미 죽은 게 아닐까 하는 생각이 들었다.

노인은 두 손을 마주 포개서 자신의 손바닥을 느껴보았다. 손은 죽어 있지 않아서 그 손을 폈다 오므리는 것만으로 노인은 삶의 고통을 소환할 수 있었다. 고물에 몸을 기대보고 자신이 죽지 않았다는 것을 알 수 있었다. 아픈 어깨가 그리 알려주었다.

물고기를 잡으면 외겠다고 약속한 기도문이 있었지. 노인은 생각했다. 하지만 지금은 너무 지쳐서 기도문을 욀 수 없어. 부대를 찾아 어깨나 덮는 게 좋겠군.

노인은 고물 쪽에 누워 키를 잡고는 하늘에서 혹시 어떤 빛이라도 보이는지 지켜보았다. 물고기는 아직 반쪽이 남았어. 노인은 생각했다. 운이 좋으면 앞쪽 반만이라도 가져갈 수 있겠지. 내게도 어느 정도의 운은 있어야 하지 않은가. 아니, 있을 게 뭔가? 노인이 생각했다. 너무 멀리 나오면서 너는 네 운을 스스로 저버린 셈이야.

"헛소릴랑 그만해." 노인이 소리 내 말했다. "정신 차리고 키나 잘 잡아. 아직 운이 남았을지도 몰라."

"행운을 파는 곳이 있다면 좀 사고 싶군그래." 노인이 말했다.

그런데 무엇으로 사지? 노인이 스스로 물었다. 잃어버리고 없는 작살, 부러진 칼, 이 쓸모없는 두 손으로 행운을 살 수 있을까?

"살 수 있을지도 모르지." 노인이 말했다. "바다에서 보낸 팔십사 일로 사보려 했지 않았나. 이 바다도 거의 내게 운을 팔 요량을 했어."

한심한 생각은 하지 말자. 노인은 생각했다. 행운이 찾아오는 모양은 각양각색인데 누가 알아볼 수 있단 말인가? 하긴, 요구하는 대로 값을 치를 용의가 있으니 어떤 모양이든 나도 좀 갖고 싶긴 해. 이제 불빛이 좀 보여주면 좋으련만. 노인은 생각했다. 원하는 게 많기도 하지. 하지만 이게 지금 당장, 내가 원하는 거야. 키를 잡은 자세를 좀 더 편하게 하려다 노인은 문득, 통증을 느끼고 또다시 자신이 죽지 않았음을 알았다.

밤 열 시쯤이라는 확신이 들 무렵, 아바나의 불빛이 물 위에 반사되는 게 보였다. 처음에는 달 뜨기 전 하늘이 어스름할 때처럼 희미했다. 그러다 그 빛은 거세지는 미풍을 타고 거칠어지는 바다 너머로 꽤 또렷해졌다. 노인은 불빛 안쪽으로 방향을 잡으며 이제 곧 만(灣)

의 가장자리에 닿겠다고 생각했다.

이제 다 끝났어. 노인은 생각했다. 상어 놈들은 다시 쳐들어올 게야. 하지만 이 어둠 속에서 무기도 없이 사람이 상어를 상대로 어떻게 싸울 수가 있나?

노인은 온몸이 뻐근하니 아팠다. 몸 여기저기 난 상처며 혹사당한 부위가 차가운 밤공기에 닿으니 욱신거렸다. 다시 싸울 일이 없으면 좋으련만. 노인이 생각했다. 제발이지 또 싸워야 하는 사태가 일어나지 않으면 좋겠어.

그러나 자정 무렵, 다시 싸워야 하는 일이 일어났고, 노인은 이번에는 싸워봐야 별 소용없다는 걸 금세 알 수 있었다. 상어 놈들이 한 무더기로 몰려온 것이다. 노인의 눈에는 물속에서 상어가 잇닿으면서 생기는 지느러미 선과 상어가 떼로 물고기를 덮칠 때 번쩍대는 인광만 보일 뿐이었다. 노인이 상어 대가리 몇에다 몽둥이질을 하는데 놈들의 이빨이 물고기에 박히는 소리와 더불어 배 밑 쪽에서 난리법석이 나느라 배가 흔들거렸다. 노인은 뭔가 닿는 소리가 나는 곳에 필사적으로 몽둥이질했지만, 무언가 몽둥이를 잡아채나 싶더니 그만 몽둥이마저 사라져버렸다.

그러자 노인은 키에서 손잡이를 떼 두 손으로 그걸 부여잡고 때리고 내리찍으며 연신 휘둘러댔다. 하지만 이제 상어는 이물 쪽으로 앞서거니 뒤서거니, 또는 떼로 밀고 올라와 물고기를 물어뜯었다. 놈들이 다시 몰려오려 몸을 틀 때 뜯겨나간 고기 살점이 물속에서 빛을 발하는 게 보였다.

마침내 한 마리가 물고기 머리를 덮쳐올 때 노인은 모든 게 끝났음을 알았다. 노인이 상어 머리통에 키 손잡이를 냅다 갈겼는데 놈은 좀체 뜯기지 않는 육중한 물고기 머리에 이빨을 있는 대로 처박고 있었다. 노인은 키 손잡이를 다시 한 번, 두 번 휘둘렀다. 키 손잡이가 부러지는 소리가 들리자 노인은 그 부러진 끝을 상어 몸통에 쑤셔 박았다. 그 뾰족한 끝이 살을 뚫고 들어갔다는 느낌이 오자 노인은 한 번 더 힘껏 찔렀다. 상어가 고기를 놓고 뒹굴며 떨어져 나갔다. 그게 몰려들었던 상어 떼의 마지막 놈이었다. 이제 물고기는 놈들이 뜯어 먹을 살도 남아 있지 않았다.

이제 노인은 숨쉬기가 어려운 데다 입안에서는 이상

한 맛이 돌았다. 구리 같고 들쩍지근한 느낌에 노인은 잠시 두려움을 느꼈다. 다행히 그 양이 많지는 않았다. 노인이 바다에 침을 뱉으며 말했다.

"이거나 처먹어라, 갈라노 놈들. 네놈들 꿈에서나 사람을 죽여보시지."

노인은 자신이 마침내, 그리고 도저히 어찌해볼 도리 없이 기운이 빠졌다고 직감했다. 고물로 돌아가 보니 부러져 들쭉날쭉해진 키 손잡이가 방향타의 갸름한 구멍에 그런대로 맞아 배를 몰아갈 정도는 되었다. 노인은 어깨에 부대를 두르고 배의 진로를 잡았다. 이제 배는 가볍게 나아갔고 노인은 아무 생각도, 느낌도 없었다. 이제 보이는 모든 걸 지나치며 노인은 집이 있는 항구를 향해 가급적 요령 있게, 기민하게 배를 몰고 갔다. 밤이 되자, 사람이 식탁에 흘린 빵 부스러기를 줍듯, 상어 떼가 물고기 잔해에 덤벼들었다. 그러나 노인은 상어 떼에 눈길도 주지 않았고 배를 몰아가는 일 외에는 다른 어떤 것에도 관심을 두지 않았다. 배 옆구리에 붙어 있던 무거운 물고기가 없어졌으니 배가 아주 가볍게 잘 달린다는 느낌만 있었다.

배에는 아무 문제가 없구나. 노인은 생각했다. 배는 온전해. 부러진 키 손잡이 말고는 상한 데가 없어. 그거야 바꿔 달면 그만이지.

드디어 배가 조류 안으로 들어왔다고 느낄 수 있었다. 해안을 따라 늘어선 해변 마을의 불빛이 보였다. 어디쯤 와 있는지 알 수 있었기에 집으로 돌아가는 것은 일도 아니었다.

누가 뭐래도 바람은 우리의 벗이야. 노인은 생각하던 끝에 덧붙였다. 가끔은 그래. 저 거대한 바다에는 우리의 벗도 있고 적도 있어. 침대는 어떤가? 노인은 생각했다. 침대는 내 친구야. 침대는 아주 쓸모 있어. 우리 인간이 패배했을 때 특히 그렇지. 침대가 그리 쓸모 있는 줄은 미처 몰랐어. 그런데 나는 무엇에 패배했나?

"아무것에도 패하지 않았어." 노인이 큰 소리로 말했다. "그저 내가 너무 멀리 나갔기 때문이야."

이윽고 마을의 작은 항구로 배가 들어갔을 때, 테라스의 불이 모두 꺼져 있어 마을 사람들 모두 잠자리에 든 걸 알 수 있었다. 꾸준히 세를 더하던 산들바람이 이제는 제법 세차게 불고 있었다. 그러나 항구 안은 조용했고, 노인은 바위 아래 협소한 조약돌 밭에 배를 댔다. 도와줄 사람이 없어 노인은 혼자 할 수 있는 데까지 배를 뭍으로 바짝 끌어다 붙였다. 그러고는 배에서 내려 배를 바위에다 단단히 붙들어 맸다.

노인은 돛대를 눕히고 돛을 둘둘 말아 묶었다. 그리고는 돛대를 들어 어깨에 걸머지고 언덕길을 오르기 시작했다. 노인은 자신이 얼마나 고단한지 비로소 절감했다. 잠시 걸음을 멈추고 뒤돌아보니 가로등 불빛 속에 물고기의 커다란 꼬리가 조각배의 고물 뒤로 우뚝 솟아 있는 게 보였다. 허옇게 뼈가 드러난 등줄기와 뾰족한 주둥이가 달린 시커먼 덩어리 사이는 휑하니 비어 있었다.

노인은 다시 언덕길을 밟아가기 시작했는데 꼭대기에서 그만 넘어져 돛대를 어깨에 멘 그대로 잠시 누웠다. 일어나보려 했지만 너무 힘들어 돛대를 어깨에 메고 앉아 길 쪽을 바라보았다. 저 멀리서 고양이 한 마리가 오줌을 누려고 지나가자 노인이 고양이를 쳐다보았다. 그러다 다시 길 쪽을 한참 바라보았다.

이윽고 노인은 돛대를 내려놓고 자리에서 일어섰다.

그리고는 돛대를 들어 어깨에 걸머지고 길을 따라 올라갔다. 노인은 도중에 다섯 번이나 앉아 쉬고서야 마침내 오두막에 당도했다.

오두막으로 들어선 노인은 벽에 돛대를 기대 세웠다. 어둠 속에서 물병을 찾아내 물을 마셨다. 그러고는 침대에 벌렁 드러누웠다. 담요를 끌어와 어깨부터 등과 다리를 덮고 얼굴을 신문지에 묻고 두 팔은 침대 밖으로, 손바닥은 위쪽으로 한 채 잠이 들었다.

아침에 소년이 오두막 문으로 안을 들여다보았을 때 노인은 잠들어 있었다. 바람이 너무 세차게 불어 유망어선이 바다에 나갈 상황이 아니라 소년은 느지막이 일어나 아침마다 들르던 오두막을 찾은 것이었다. 소년은 노인이 숨 쉬는 걸 확인하고 노인의 손을 보고는 울기 시작했다. 소년은 커피를 가져오려 가만히 오두막을 나와 길을 따라 내려가는 내내 엉엉 울었다.

어부들이 노인의 배 주위에 모여 배에 묶여 있는 걸 보고 있었는데 바지를 걷고 물에 들어가 있던 한 사람이 뼈만 남은 물고기의 길이를 줄로 가늠하고 있었다.

소년은 굳이 내려가지 않았다. 이미 배에 다녀왔고

소년을 대신해서 한 어부가 배를 건사하고 있었다.

"어르신은 좀 어떠시냐?" 한 어부가 큰 소리로 물었다.

"주무세요." 소년이 대답했다. 우는 걸 어부들이 봤지만 마음 쓰지 않았다. "아무도 할아버지를 안 깨우면 좋겠어요."

"코에서 꼬리까지 5.5미터야." 물고기 크기를 재던 어부가 소리쳤다.

"그럴 거예요." 소년이 말했다. 소년은 테라스로 들어가 커피 한 잔을 주문했다. "뜨겁게 해서 우유와 설탕을 듬뿍 넣어주세요."

"더 필요한 건 없니?"

"괜찮아요. 나중에 할아버지가 뭘 드실 수 있나 볼게요."

"굉장한 물고기더구나." 테라스 주인이 말했다. "저런 물고기는 한 번도 본 적 없어. 어제 네가 잡은 두 마리도 꽤 괜찮았다만."

"제 물고기에 대려고요." 소년은 말하다 또 울기 시작했다.

"뭐라도 좀 마시겠니?" 주인이 물었다.

"괜찮아요." 소년이 말했다.

"사람들한테 산티아고 할아버지를 번거롭게 하지 말라 전해주세요. 다시 올게요."

"내가 안돼하더라고 전해주려무나."

"고맙습니다." 소년이 말했다.

소년은 뜨거운 커피가 든 깡통을 오두막으로 들고 가 노인이 깰 때까지 곁에 앉아 있었다. 어쩌다 한 번 잠에서 깨는 듯싶더니 노인은 이내 다시 깊은 잠에 빠져들었고 소년은 길 건너로 나가 커피를 데울 나무를 구해 왔다.

이윽고 노인이 잠에서 깼다.

"일어나지 마세요." 소년이 말했다.

"이걸 좀 마셔보세요." 소년이 유리잔에 커피를 조금 따르자 노인이 받아 마셨다.

"그놈들한테 내가 졌어, 마놀린." 노인이 말했다. "놈들에게 제대로 지고 말았어."

"그 물고기한테 지신 건 아니에요. 그 물고기는 아니에요."

"아니야. 완전히 졌어. 그 다음에 말이야."

"페드리코 아저씨가 배와 장비를 살피고 있어요. 물고기 머리는 어떻게 하실 거예요?"

"페드리코에게 토막 내서 고기 잡는 미끼로 쓰라 하려고."

"창 같은 주둥이는요?"

"원하면 네가 가지려무나."

"제가 갖고 싶어요." 소년이 말했다. "이제 우린 다른 일을 할 계획을 세워야 해요."

"사람들이 나를 찾아다녔니?"

"그럼요. 해안경비대와 비행기도 동원됐는걸요."

"바다는 저리 넓고 배는 작으니 찾기 어려웠을 테지."

자신과 바다만이 아니라 말할 상대가 있다는 게 얼마나 좋은지 노인은 새삼 깨달았다.

"네가 많이 보고 싶었단다." 노인이 말했다.

"너는 뭘 잡았니?"

"첫날에 한 마리요. 둘째 날에 한 마리, 셋째 날은 두 마리 잡았어요."

"아주 용하구나."

"이젠 다시 저하고 같이 잡으러 가요."

"아니야. 나는 운이 없어. 운이 다한 사람이야."

"아니, 운이라니요?"

소년이 의아하다는 표정으로 말했다.

"운 같은 게 뭐 대수라고요." 소년이 말했다. "그 운은 제가 가지고 가죠 뭐."

"네 가족들이 뭐라 하겠니?"

"상관없어요. 저도 어제 두 마리 잡았지만 아직 배울 게 많으니 이제부터는 할아버지와 같이 나갈래요."

"제대로 된 도살용 창을 하나 장만해서 배에 늘 싣고 다녀야겠어. 창날은 고물 포드 자동차의 용수철을 써서 만들 수 있을 거야. 날은 과나바코아*에 가서 갈아오면 돼. 날카롭긴 해도 벼리지 않아 잘 부러지긴 하겠지. 내 칼은 이미 부러지고 말았어."

"제가 칼을 하나 더 구해다 드리고 용수철도 갈아올게요. 그런데 브리사는 며칠이나 더 이리 심하게 불까요?"

"사흘은 가겠지. 어쩌면 좀 더 오래일지도 모르고."

"제가 다 잘 챙겨놓을게요." 소년이 말했다. "그 손이

---

* 아바나만 근처의 쿠바 도시

나 건사하세요, 할아버지."

"손은 낫게 할 방도를 알고 있으니 걱정 말아라. 간밤에 뭔가 이상한 걸 뱉어냈는데 가슴 안쪽에서 뭔가 부러지는 느낌이 들더구나."

"그것도 치료하세요." 소년이 말했다. "이제 누우세요, 할아버지. 깨끗한 셔츠를 갖다 드릴게요. 뭔가 잡수실 것도요."

"내가 없는 사이 온 신문이 있으면 좀 갖다 주렴." 노인이 말했다.

"빨리 나으셔야 해요. 제가 할아버지께 배울 게 많으니 많이 가르쳐주셔야 하잖아요. 얼마나 고생이 많으셨어요, 그래."

"아주 고생했지." 노인이 말했다.

"잡수실만한 것과 신문을 가지고 올게요." 소년이 말했다. "약방에 가서 손에 바를 약도 사올게요."

"잊지 말고 페드리코더러 그 고기 머리를 가지라 하렴."

"네, 기억할게요."

소년은 오두막에서 나와 닳은 산호초 길을 내려가며

또 엉엉 울었다.

그날 오후, 테라스에 관광객 일행이 찾아왔다. 빈 맥주 깡통과 죽은 바라쿠다(Bracuda)* 사이로 바다를 내려다보던 한 여자가 한쪽 가에서 거대한 꼬리며 엄청나게 크고 긴 허연 등뼈를 발견했다. 그 등뼈는 들어 올려진 채, 항구 바깥에서 불어 드는 동풍을 타고 점차 높아지는 파도에 실려 넘실거리고 있었다.

"저게 뭐죠?"

이제 쓰레기 신세가 되어 파도에 쓸려가기만 기다리고 있는 거대한 물고기의 등뼈를 여자가 가리키며 물었다.

"티뷰론(Tiburon)**입니다." 웨이터가 말했다. "상어요."

웨이터가 나름대로 어찌 된 일인지 소상히 말해주려 했다.

"상어 꼬리가 저리 잘 생기고 아름다운 줄 몰랐어요."

"나도 몰랐군." 여자와 동행인 남자가 말했다.

---

* 꼬치고깃과 물고기로 큰 덩치와 험악한 외모, 저돌적인 행동이 특징

** '상어'라는 뜻의 스페인어

길 위쪽 오두막에서 노인은 다시 잠을 자고 있었다. 여전히 얼굴을 묻고 엎드린 채 잠들어 있었고 소년이 곁에 앉아 노인을 지켜보고 있었다. 노인은 사자 꿈을 꾸고 있었다.

헤밍웨이의 치열한 삶과 작품 세계

어니스트 헤밍웨이는 20세기 미국 문단의 거장이자 노벨문학상 수상자로 유명하다. 그는 격정적인 삶을 살다 간 행동주의 작가였다. 권투와 야영, 낚시에서 두각을 보인 만능 스포츠맨이었으며 세계대전에 자진 참전한 열정적인 젊은이이자 아프리카 사파리 여행과 스페인의 투우를 즐긴 탐험가였다.

고등학교를 졸업한 이후부터 1961년 아이다호 주 케첨에서 생을 마감한 순간까지 그는 이탈리아, 프랑스, 스페인, 쿠바, 아프리카 등 세계 곳곳을 누비며 군인, 기자, 작가의 신분으로 활동했다. 그러면서 쌓은 경험은 헤밍웨이의 인생에 큰 영향을 미쳤으며 그의 작품 세계의 기초가 되었다. 그의 작품은 도전과 모험, 생사를 넘나드는 거친 체험을 바탕으로 집필되었기 때문에 생생한 현장감과 남성적인 생명력으로 충만하다. 이러한 특징은 작가 자신의 파리 체류 생활을 기반으로 한《태양은 다시 떠오른다》와 이탈리아 세계대전 참전 경험을 녹여 낸《무기여 잘 있거라》, 스페인 내전 취재를 바탕으로 한《누구를 위하여 종을 울리나》에서 잘 드러난다.

《노인과 바다》는 헤밍웨이가 생전에 발표한 마지막 걸작으로, 작가의 도전적인 삶과 성숙한 세계관을 집약적으로 보여 준다. 이 작품은 그가 근 이십 년간 생활했던 쿠바와 낚시를 즐겼던 멕시코 만류를 배경으로 탄생했다.

헤밍웨이는 1936년 〈에스콰이어〉지 4월호에《푸른 대양에서: 멕시코 만류 통신》을 기고했는데, 이 글에서 이미 자신의 배인 필라호로 낚시를 즐기며 목격한 경험을 이야기한 바 있다. 쿠바의 늙은 어부가 거대한 청새치를 잡았지만 상어들의 습격을 받아 청새치의 살을 대부분 뺏기고 실신 상태로 돌아왔다는 것이다.

이 내용은 분명 《노인과 바다》로 발전하게 될 기원이었다. 이 구상을 바탕으로 헤밍웨이는 1950년에 본격적으로 집필에 들어가 1952년 9월 1일 〈라이프〉지에 발표했다. 이어 일주일 뒤에 《노인과 바다》는 스크리브너 출판사에서 출간되었다. 이 작품은 구상에서 하나의 완결된 작품으로 세상에 빛을 보기까지 적어도 십육 년이 걸린 셈이다.

이 소설에서 헤밍웨이는 주인공 산티아고를 창조해 내는 데 심혈을 기울였는데, 과연 누구를 산티아고의 원형으로 삼았는지에 대해서는 의견이 분분하다. 헤밍웨이가 고용한 일등 항해사인 그레고리오 후엔테스가 원형이라는 주장도 있고, 쿠바의 늙은 어부인 마누엘 울리바리 몬테스판이 원형이라는 주장도 있다. 그러나 여러 주장을 종합해 봤을 때, 헤밍웨이의 고기잡이 경험과 인생철학, 쿠바 뱃사람들의 모습이 복합적으로 합성된 인물인 것으로 판단된다. 헤밍웨이는 멕시코 만으로 나가 직접 청새치를 잡았던 경험, 함께 고기잡이를 하며 교류한 쿠바 사람들의 모습, 상어와 홀로 싸우면서도 포기하지 않았던 늙은 어부의 모습을 토대로 산티아고라는 새로운 인물을 창조한 것이다.

특히 작가는 불굴의 정신을 발휘한 늙은 어부의 모습에서 감동을 받았다고 했는데, 그 모습에서 자신이 이상으로 삼은 남자다운 거친 남성상을 보았기 때문인 것으로 생각된다. 이러한 감동을 바탕으로 자신의 경험과 인생관을 가미해 도전과 모험을 두려워하지 않는 마초 이미지, 고난 속에서 우아함을 잃지 않는 불굴의 인간상을 산티아고라는 노인을 통해 그려 냈다. 어떻게 보면 산티아고는 헤밍웨이가 일평생 추구한 남성상이자 작가 자신의 페르소나라 할 수 있다.

《노인과 바다》는 1954년도 노벨문학상 수상작이자 20세기 불후의 명작으로 높이 평가받는 작품이지만, 사실 그 줄거리와 구성은 매우 단순하다. 이 소설에서 주인공 산티아고 노인은 팔십사 일 동안 한 마리의 물고기도 잡지 못하다가, 팔십오 일째 되는 날 만난 엄청난 크기의 청새치를 몇 날 며칠의 사투 끝에 잡는다. 그리고 곧바로 만난 상어 떼의 습격에 물고기의 살점을 거의 다 빼앗기지만 노인은 녹초가 될 때까지 포기하지 않고 싸운다. 약 오 일 동안 벌어진 이야기를 담은

이 소설의 매력은 무엇보다 포기를 모르는 불굴의 정신을 그렸다는 점에 있을 것이다. 실제로 스웨덴 한림원은 이 작품이 "폭력과 죽음으로 가득한 현실세계에서 의로운 투쟁을 전개한 모든 사람에게 의당한 존경심"을 표현한다는 점에서 노벨상을 수여한다고 밝혔다. 주인공 산티아고는 청새치와의 오랜 사투로 지칠 대로 지친 상태에서 상어 떼를 만나지만, "인간은 파괴될 수는 있어도 패배할 수는 없다"라고 말하며 몽둥이와 노만으로 난폭한 상어들과 홀로 맞선다. 온갖 악조건 속에서 외로운 싸움을 벌이면서도 우아함과 치열한 정신을 잃지 않는 노인의 모습은 우리에게 큰 감동과 여운을 준다.

그러나 이 작품이 그저 영웅적인 남성상만을 그렸다면 그리 큰 평가를 받지 못했을 것이다. 우리의 마음을 움직이는 부분은 무엇보다도 노인의 치열한 싸움 이면에 존재하는 고독과 나약함일 것이다. 산티아고는 자연이라는 엄청난 힘에 맞서 싸우고 있으면서도 외로움을 느낀다. 이는 노인의 독백, 특히 그가 "그 애(소년)가 있었으면 좋았을 텐데."라고 몇 번이고 중얼거리는 부분에서 잘 드러난다. 노인은 이 처절한 고독에 대한 위안을 자연과의 교감을 통해 얻는다. 배에 앉아 지친 몸을 잠시 쉬는 새에게 말을 걸기도 하고, 자신과 사투를 벌이는 청새치를 '형제'라 부르며 존경심을 표현하기도 하며, 바다를 둘러보며 지친 심신을 달래기도 한다. 노인이 자연과 느끼는 교감은 소박한 문체와 어우러져 아름답게 그려진다.

《노인과 바다》는 잔인한 현실에 대한 작가의 성숙하고 균형 잡힌 통찰력으로 치열한 삶을 사는 불굴의 인간상과 그 이면에 존재하는 인간의 나약함과 고독을 섬세하게 묘사한 빛나는 걸작이다.

이 작품에서 나타난 또 다른 흥미로운 점은 산티아고의 짧고도 치열한 여정이 헤밍웨이 자신의 인생 역정과 닮아 있다는 것이다. 산티아고는 온갖 고난과 역경을 감내하면서도 끝내 청새치를 잡았으며, 그 물고기가 상어 떼에게 뜯어 먹히는 상황에서도 굴하지 않고 맞선다. 그렇게 치열한 싸움을 벌이고 난 후 완전히 녹초가 되어 집으로 돌아간다. 시련이 끝난 후 지칠 대로 지쳐 침대에 눕는 노인의 모습은 치열한 삶을 산 대가로 고통스러운 말년을 보냈던 헤밍웨이의 모습을 떠오르게 한다.

《노인과 바다》를 발표한 이후, 헤밍웨이는 구 년이라는 세월 동안 질병과 노쇠, 사라져 가는 창작력 등 인간의 한계와 철저히 투쟁했다. 산티아고가 보여 주는 도전과 불굴의 정신은 그저 허구로 창조된 것이 아니라, 치열함의 끈을 끝까지 놓지 않으려 한 헤밍웨이의 실제 삶을 바탕으로 한 것이기에 더욱 크나큰 감동을 준다.

사실 《노인과 바다》는 너무나 유명한 고전이기에 이미 많은 번역본이 나와 있다. 그러나 이 번역본은 매끄러운 우리말 표현에 중점을 두어 옮긴 것임을 밝힌다. 뿐만 아니라 헤밍웨이 특유의 간결한 문체도 표현해 내려고 노력했다.

| 작가 연보 |

1899년 7월 21일, 미국 시카고 일리노이주 오크파크에서 태어났다. 사냥과 낚시 등 야외 활동을 좋아하는 아버지와 음악적 소양이 깊고 신앙심이 두터운 어머니의 영향을 받으며 성장한다. 매년 여름, 미시간에 있는 별장에서 가족과 함께 평화로운 시간을 보낸다. 이러한 가족 분위기는 그의 가치관과 문학성에 많은 영향을 미쳤다.

1913년 오크파크 고등학교에서 학교 주간지인 〈그네〉의 편집을 맡으며 기사나 단편을 쓴다. 교내 잡지 〈타뷰러〉에도 단편 〈색채의 문제〉, 〈매니투의 심판〉, 〈세피징겐〉 등을 발표하며 문학성을 발휘하는 한편, 수영과 축구 등 운동선수로도 활약한다.

1917년 대학 진학을 포기하고 군대에 지원하나 아버지의 반대로 군인의 길을 단념한다. 대신 숙부의 소개로 〈캔자스시티 스타〉의 수습기자로 입사하는데, 이 시기에 헤밍웨이 특유의 강건한 문체가 확립되기 시작한다.

1918년 제1차 세계대전에 참전하기 위해 〈캔자스시티 스타〉를 사직하고 미 육군에 자원하지만, 권투 연습 중에 다친 눈 때문에 입대가 거부된다. 하지만 이탈리아군 소속 적십자 부대의 앰뷸런스 운전사에 지원하고, 한 달도 못 되어 피아베 강변의 포살타에서 다리에 중상을 입고 밀라노 육군병원에 세 달 동안 입원한다. 이 병원에서 미국인 간호사인 아그네스와 사랑에 빠진다.

1919년 제1차 세계대전이 휴전한 후 고향으로 돌아온다. 아그네스에게 청혼했지만 나이가 어리다는 이유로 거절당하고, 미시간의 별장에서 휴식을 취하며 재충전 시간을 갖는다.

1920년 친구의 소개로 캐나다로 이주해 〈토론토 스타 위클리〉 지와 〈토론토 데일리 스타〉 지의 임시 기자를 맡아 잡문 기사를 담당한다. 가을에 시카고로 돌아와 〈아메리카 생활 협동조합〉의 월보를 편집하고, 소설가 셔우드 앤더슨과 친분을 맺고 시카고 그룹의 작가들을 사귀기 시작한다.

1921년 봄에 〈토론토 스타 위클리〉에 글을 기고하는 기자로 일한다. 어린 시절부터 잘 알고 지낸 여덟 살 연상인 해들리 리처드슨과 결혼하고, 〈토론토 스타 위클리〉 지와 〈토론토 데일리 스타〉 지의 해외 특파원이 되어 파리로 건너간다.

1922년 파리에 머물며 국외 추방 작가들을 만나 교류하며 소설 작법 수업을 받는다. 그리스·터키 전쟁 취재를 위해 유럽 각지를 여행하다가 가방을 도난당해 미발표 원고를 모두 분실하고 만다.

1923년 임신 중인 아내와 함께 이탈리아를 여행하며 투우에 매료된다. 파리에서 첫 소설인 《세 편의 단편과 열 편의 시》를 한정판으로 출간한다. 장남 존 해들리가 태어나고, 파리에서 계속 소설을 쓰기 위해 〈토론토 데일리 스타〉를 그만둔다.

1924년 파리로 건너가 본격적으로 작가 수업을 시작하고, 새로 창간한 〈트랜스애틀랜틱 리뷰〉 지의 편집부에 들어가 제임스 조이스, 도스 패서스 등과 교제한다. 청소년기의 체험을 바탕으로 한 단편집 《우리들의 시대에》를 파리에서 출간한다. 스페인을 두 번째로 여행한다.

1925년 파리에서 《위대한 개츠비》의 저자 프랜시스 스콧 피츠제럴드를 만나 친분을 쌓았으며, 집필 활동을 계속한다. 아내와 어린 시절 친구들과 함께 세 번째 스페인 여행을 떠난다. 미국판 《우리들의 시대에》가 출간되고, 오스트리아 슈룬스에서 겨울을 보낸다.

1926년 스콧 피츠제럴드에게 미국 유수의 출판사 스크리브너즈의 편집자인 맥스웰 퍼킨스를 소개받는다. 그곳에서 장편소설 《봄의 계류》를 출간한다. 그 이후 그의 작품은 대부분 이곳에서 나온다. 아내 해들리, 폴린 파이퍼와 함께 스페인을 여행한다. 시월에 출간한 《해는 다시 떠오른다》가 베스트셀러가 되면서 이름을 널리 날리기 시작했고 '잃어버린 세대'의 대표 작가가 된다.

1927년 별거 중이었던 아내 해들리와 정식으로 이혼하고, 〈보그〉 지의 파리 주재 기자이며, 세인트루이스 출신인 폴린 파이퍼와 재혼한다. 독실한 가톨릭 신자였던 두 번째 아내의 영향으로 가톨릭으로 개종한다. 두 번째 단편집인 《여자 없는 남자들》을 출간한다.

1928년 파리를 떠나 미국으로 돌아와 플로리다주의 키웨스트에 자리를 잡고, 차남인 패트릭이 태어난다. 〈무기여 잘 있거라〉를 탈고하고 수정을 가할 무렵, 지병과 땅 투기 실패로 괴로워하던 아버지가 권총으로 자살해 충격을 받는다.

1929년 〈스크리브너즈〉 지에서 연재한 작품 《무기여 잘 있거라》가 수차례의 퇴고를 거친 뒤에 단행본으로 출간된다. 이 작품은 넉 달 동안 무려 팔만 부가 팔리며 상업적으로도 문학적으로도 인정받는다.

1930년 사슴 사냥을 하던 중에 자동차 사고로 팔에 심한 부상을 입어 병원에 입원한다.

1931년 셋째 아들인 그레고리 핸콕이 태어난다.

1932년 투우를 소재로 한 논픽션 《오후의 죽음》이 출간된다.

1933년 열네 편의 단편을 수록한 세 번째 단편집 《승자에겐 아무것도 주지 마라》가 출간된다. 아내와 함께 유럽과 동아프리카로 여행을 떠난다.

1934년 아내와 함께 간 아프리카에서 아메바이질에 걸려 나이로비로 되돌아와 요양한다. 완쾌한 후에 다시 수렵 여행을 갔다가 뉴욕으로 돌아온다. 〈코스모폴리탄〉 지에 《부자와 빈자》의 제1부 〈어느 도항〉을 발표한다. 구입한 배에 '필라'라는 이름을 붙이고, 아마추어로서는 가장 큰 다랑어를 잡는다.

1935년 낚시를 하던 중 사고로 다리에 총상을 입는다. 〈스크리브너즈〉지에 아프리카 여행기를 연재하고 《아프리카의 푸른 언덕》이라는 제목으로 출간한다.

1936년 〈코스모폴리탄〉 지에 《부자와 빈자》의 제2부 〈상인의 귀환〉을 발표한다. 〈에스콰이어〉 지에 아프리카 여행을 배경으로 한 단편 〈킬리만자로의 눈〉을, 〈코스모폴리탄〉 지에 〈프랜시스 매코머의 짧고 행복한 생애〉를 발표한다.

1937년 북미신문연합인 NANA 통신의 특파원으로 스페인에 파견되어 내전을 취재한다. 스페인내란에 대한 저술 및 강연으로 모금한 사만 달러를 개인적으로 정부에 지원한다. 스페인에서 영화 〈스페인의 대지〉 제작에 참여하고, 정부군에 소속되어 프랑스 작가 앙드레 말로를 만난다. 팔월에 다시 스페인 마드리드로 넘어가 희곡 〈제오열〉을 집필하고, 그 무렵 〈콜리어스〉 지의 특파원으로 마드리드에 머물던 여류 작가 마사 겔혼과 사랑에 빠진다. 시월, 《부자와 빈자》를 출간한다.

1938년 선전 영화의 대본인 《스페인의 대지》를 출간하고, 단편집 《제오열과 최초의 사십구 편》을 출간한다. 단편 중 〈제오열〉은 그의 유일한 희곡 작품이다.

1939년 폴린 파이퍼와 별거하고, 쿠바 아바나로 이주해 저택을 구입한 뒤 '전망 좋은 농장'이라 이름을 붙인다. 그 이후 이 저택에서 많은 작품을 집필했다. '전망 좋은 농장'은 현재 헤밍웨이 박물관으로 사용되고 있다.

1940년 뉴욕의 시어터길드에서 희곡 〈제오열〉이 공연된다. 유월에

희곡 《제오열》이 단행본으로 출간되고, 시월에 출간된 《누구를 위하여 종은 울리나》가 이듬해까지 약 오십만 부가 판매되어 품절 사태가 벌어지는 등 기록적인 베스트셀러가 된다. 폴린과 이혼하고 마사 겔혼과 세 번째로 결혼한다.

1941년 중일전쟁 특파원 자격으로 아내와 함께 중국을 여행한다.

1942년 제2차 세계대전 중에 미 해군에 자원했고, 자신의 배인 필라호를 개조해 독일군 잠수함을 수색했지만 한 척도 발견하지 못한다. 전쟁 이야기를 담은 《전장의 인간》을 편집한다.

1943년 〈콜리어스〉 지의 특파원으로서 유럽의 전쟁을 취재한다.

1944년 런던에서 신문기자이자 특파원인 메리 웰시를 만난다.

1945년 메리와 함께 탄 자동차가 사고를 당해 크게 다치고, 세 번째 부인인 마사와 이혼하게 된다.

1946년 메리 웰시와 네 번째로 결혼하고, 미국 아이다호주 케첨에 머문다.

1947년 전시 보도원으로서의 공적을 인정받아 미국 정부로부터 '브론즈 스타' 훈장을 받는다.

1949년 아내 메리와 함께 북이탈리아를 취재하기 위해 이탈리아에 체류하며 집필에 전념한다.

1950년 십 년 만에 《강을 건너 숲속으로》를 출간했으나 혹평을 받는다.

1952년 〈라이프〉 지 9월호에 《노인과 바다》 전문을 싣고, 단행본으로 출간한다. 출간과 동시에 엄청난 호평을 받는다.

1953년 어마어마한 찬사를 얻은 《노인과 바다》로 퓰리처상을 수상한다. 여름에는 스페인을 여행하고, 가을에는 〈룩〉 지의 특파원으로 아내와 함께 아프리카를 여행한다.

1954년 아프리카 우간다에서 비행기 사고를 당해 구조용 비행기로 옮겨지던 중 또 사고가 나 그가 사망했다는 뉴스가 보도된다. 간신히 목숨을 건졌고, 노벨 문학상을 수상하는 영예를 얻지만 건강 때문에 시상식에는 참석하지 못한다.

1961년 우울증, 알코올의존증, 고혈압, 편집증에 시달리다, 자택에서 엽총에 의한 자살로 보이는 의문의 죽음으로 생을 마감한다. 아이다호주 선밸리에 묻힌다.

1964년 유작 《파리는 날마다 축제》가 출간된다.

1970년 유작 《해류 속의 섬들》이 출간된다.

1972년 유작 《닉 애덤스 이야기》가 출간된다.

1985년 유작 《위험한 여름》이 출간된다.

1986년 유작 《에덴동산》이 출간된다.

1987년 《어니스트 헤밍웨이 단편 전집》이 출간된다.

1999년 헤밍웨이의 아들 패트릭이 편집한 허구적 자서전 《여명의 진실》이 출간된다.

더스토리 초판본 시리즈 미니북

1 **노인과 바다** | 어니스트 헤밍웨이
1953년 퓰리처상 수상작 / 1954년 노벨 문학상 수상
미국대학위원회 선정 SAT 추천도서

2 **동물 농장** | 조지 오웰
미국대학위원회 선정 SAT 추천도서 / 〈타임〉 선정 현대 100대 영문소설
한국 문인이 선호하는 세계명작소설 100선 / 서울시 교육청 추천도서
논술 및 수능에 출제된 책(1998~2005)

3 **어린 왕자** | 앙투안 드 생텍쥐페리
전 세계 1억 부 이상 판매 기록 / 16개국 언어로 번역

4 **젊은 베르테르의 슬픔** | 요한 볼프강 폰 괴테
세기의 철학가와 문인들의 찬사를 받은 대표작

5 **이방인** | 알베르 카뮈
노벨 연구소 선정 최고의 세계문학 100선 / 1957년 노벨 문학상 수상작
대한민국 명사 101인의 대표 추천작 / 연세대학교 필독도서
미국대학위원회 선정 SAT 추천도서 / 〈타임〉 선정 세상을 움직인 책 100권

6 **위대한 개츠비** | 프랜시스 스콧 피츠제럴드
〈타임〉 선정 현대 100대 영문소설 / 어니스트 헤밍웨이가 인정한 완벽한 일급 작품
20세기 100대 영문소설 1위 / 미국대학위원회 선정 SAT 추천도서

7 **이상한 나라의 앨리스** | 루이스 캐럴
난센스와 판타지의 대표작 / 아카데미 '미술상' 수상한 영화의 원작
19세기 가장 유명한 영국 아동문학 작가

8 **거울나라의 앨리스** | 루이스 캐럴
난센스와 판타지의 대표작 《이상한 나라의 앨리스》 속편
거울 속으로 떠난 앨리스의 두 번째 모험 이야기

9 데미안 | 헤르만 헤세
1946년 노벨 문학상 수상 작가 / 20세기 일대 센세이션을 일으킨 성장 소설의 고전
서울시 교육청 추천도서

10 수레바퀴 아래서 | 헤르만 헤세
대한민국 명사 101인의 대표 추천작
헤르만 헤세의 사춘기 시절 경험을 바탕으로 한 자전적 소설
1946년 노벨 문학상 / 국립중앙도서관 선정 청소년 권장도서

11 싯다르타 | 헤르만 헤세
대한민국 대표 시인 장석남이 강력 추천한 작품
출간과 동시에 10만 부가 넘게 판매된 역작
진정한 자아를 깨닫기 위해 고뇌하던 헤르만 헤세의 자전 소설

12 크눌프 | 헤르만 헤세
1946년 노벨문학상 수상 작가
8년에 걸쳐 완성된 '젊은 헤세'의 치열한 삶이 엿보이는 작품

13 청춘은 아름다워 | 헤르만 헤세
1946년 노벨문학상 수상 작가 / 헤르만 헤세가 추억하는 서툰 사랑의 이야기

14 햄릿 | 윌리엄 셰익스피어
대한민국 명사 101인의 대표 추천작 / 서울대학교 권장도서 100선
서울대학교 동서고전 200선 / 연세대학교 필독도서
미국대학위원회 선정 SAT 추천도서 / 국립중앙도서관 선정 청소년 권장도서

15 리어 왕 | 윌리엄 셰익스피어
대한민국 명사 101인의 대표 추천작 / 서울대학교 권장도서 100선

16 맥베스 | 윌리엄 셰익스피어
서울대학교 권장도서 100선 / 연세대학교 필독도서
미국대학위원회 선정 SAT 추천도서 / 국립중앙도서관 선정 청소년 권장도서

17 오셀로 | 윌리엄 셰익스피어
〈뉴스위크〉 선정 100대 명저 / 서울대학교 권장도서 100선

18 로미오와 줄리엣 | 윌리엄 셰익스피어
서울대학교 동서고전 200선 / 칼리지보드 선정 고교생 필독서 101권

19 20 21 **피터 래빗 이야기 1 ~ 3** | 베아트릭스 포터
세상에서 가장 사랑받는 토끼 이야기 / 자연 보호와 동물 존중 사상이 담긴 작품

22 **예언자** | 칼릴 지브란
법정 스님이 마지막까지 머리맡에 남겨둔 책

23 **야간 비행** | 앙투안 드 생텍쥐페리
1931년 페미나 문학상 수상 / 작가의 경험이 들어간 직업 소설

24 **하늘과 바람과 별과 시(1955년 표지디자인)** | 윤동주
요절한 천재 민족 시인의 유고시집 / 대중성과 문학성을 겸비한 시인 김경주 추천작

25 **정글북** | 러디어드 키플링
영미권 작품 최초, 최연소 노벨 문학상 수상작 / 정글의 생명력을 담은 자연친화적 작품
작가의 아버지 존 록우드 키플링이 직접 그린 삽화 및 기타 삽화가들 그림 삽입

26 **오즈의 마법사 1 – 오즈의 위대한 마법사** | 라이먼 프랭크 바움
미국대학위원회 선정 SAT 추천도서 / 연세대학교 필독도서
국립중앙도서관 선정 우수 번역서

27 **오즈의 마법사 2 – 환상의 나라 오즈** | 라이먼 프랭크 바움
미국대학위원회 선정 SAT 추천도서 / 국립중앙도서관 선정 우수 번역서

28 **오즈의 마법사 3 – 오즈의 오즈마 공주** | 라이먼 프랭크 바움
미국대학위원회 선정 SAT 추천도서 / 국립중앙도서관 선정 우수 번역서

29 **인간 실격** | 다자이 오사무
교육과학기술부 산하 사단법인 한국교육지원회 선정 아침독서 10분 운동 필독서

30 **변신**(카프카 단편선) | 프란츠 카프카
소외된 인간이었던 작가의 갈등과 고독을 반영 / 서울대학교 추천도서 100선
명사 101명이 추천한 파워클래식

31 **자기만의 방** | 버지니아 울프
20세기 페미니즘 비평의 선구자 버지니아 울프의 수필집
국립중앙도서관 선정 권장도서 / 서강대학교 권장도서 100선

32 **크리스마스 캐럴** | 찰스 디킨스

셰익스피어와 함께 영국을 대표하는 작가 찰스 디킨스의 중편소설

'책으로 따뜻한 세상 만드는 교사들(책따세)' 권장도서

33 **지킬 박사와 하이드** | 로버트 루이스 스티븐슨

2004 한국 문인들이 선호하는 세계명작소설 100선

브로드웨이 뮤지컬 역사상 가장 아름다운 스릴러 <지킬 앤 하이드> 원작

34 **셜록 홈즈 1 – 주홍색 연구** | 아서 코난 도일

영국 BBC 제작, KBS 방영 <셜록 홈즈>의 원작

대한민국 대표 추리 소설가 백휴의 작품 해설 수록

35 **셜록 홈즈 2 – 네 개의 서명** | 아서 코난 도일

영국 BBC 제작, KBS 방영 <셜록 홈즈>의 원작

대한민국 대표 추리 소설가 백휴의 작품 해설 수록

36 **셜록 홈즈 3 – 배스커빌 가의 개** | 아서 코난 도일

영국 BBC 제작, KBS 방영 <셜록 홈즈>의 원작

대한민국 대표 추리 소설가 백휴의 작품 해설 수록

37 **셜록 홈즈 4 – 공포의 계곡** | 아서 코난 도일

영국 BBC 제작, KBS 방영 <셜록 홈즈>의 원작

대한민국 대표 추리 소설가 백휴의 작품 해설 수록

38 **피노키오** | 카를로 콜로디

월트 디즈니 인생 최고의 애니메이션으로 재탄생 / 260개 언어로 번역된 교훈적 내용

스티븐 스필버그 감독의 2001년작 <A.I.>의 모티브

39 40 41 **오만과 편견 1 ~ 3** | 제인 오스틴

서울대학교 동서고전 200선 / 연세대학교 필독도서 / 세인트존스대학교 권장도서

<텔레그라프> 완벽한 도서관을 위한 권장도서 100 / <가디언> 권장도서

미국대학위원회 선정 SAT 추천도서 / 국립중앙도서관 선정 청소년 권장도서

42 **키다리 아저씨** | 진 웹스터

출간 이래 100년 동안 사랑받아 온 스테디셀러

세상의 편견을 뛰어넘은 편지 형식 소설의 대명사

43 44 그리스인 조르바 1 ~ 2 | 니코스 카잔차키스

미국대학위원회 선정 SAT 추천도서 / 한국간행물윤리위원회 선정 권장도서
한국출판인회의 출판인이 선정한 100권의 도서

45 46 월든 1 ~ 2 | 헨리 데이비드 소로

미국대학위원회 고교추천도서 101 / 미국대학위원회 선정 SAT 추천도서

47 48 1984 1 ~ 2 | 조지 오웰

〈타임〉 선정 세상을 움직인 책 100권 / 세계 3대 디스토피아 미래 소설
〈가디언〉 권장도서 / 〈텔레그라프〉 완벽한 도서관을 위한 권장 도서 100
뉴욕 공립도서관 추천도서 / 하버드 대학생이 가장 많이 산 책 1위

49 50 오페라의 유령 1 ~ 2 | 가스통 르루

대한민국 명사 101인의 대표 추천작 / 서울대학교 권장도서 100선
연세대학교 필독도서 / 미국대학위원회 선정 SAT 추천도서 / 〈가디언〉 권장도서

• 더스토리 초판본 미니북 시리즈는 계속 출간될 예정입니다.

옮긴이 **이수정**

이화여대 신문방송학과를 졸업하고 고려대학교 언론대학원에서 수학하고, 1999년에 미국으로 이주해 본격적으로 영어 번역을 시작했다. 한인 로컬 매거진 편집장으로 있으면서 다수의 매거진을 창간·편집했고 칼럼니스트, 에세이스트, 소설가로 꾸준히 활동하고 있다. 번역서로 《게이츠가 게이츠에게》, 《땡큐, 스타벅스》, 《나는 가능성이다》, 《혼자 이기지 마라》, 《100개만으로 살아보기》 등이 있다.

노인과 바다 : 1952년 초판본 표지디자인

초판 1쇄 펴낸 날 2025년 11월 30일

지은이 어니스트 헤밍웨이
옮긴이 이수정
펴낸이 장영재
펴낸곳 (주)미르북컴퍼니
자회사 더스토리
전 화 02-3141-4421
팩 스 0505-333-4428
등 록 2012년 3월 16일(제 313-2012-81호)
주 소 서울시 마포구 성미산로32길 12, 2층 (우 03983)
E-mail sanhonjinju@naver.com
카 페 cafe.naver.com/mirbookcompany
S N S instagram.com/mirbooks

• (주)미르북컴퍼니는 독자 여러분의 의견에 항상 귀 기울입니다.
• 파본은 책을 구입하신 서점에서 교환해 드립니다.
• 책값은 뒤표지에 있습니다.